雅典文化

初學者必備的
韓語單字
輕鬆學

MP3

附40音發音表

典韓研所 企編

小小一本，讓您輕鬆帶著走！
內容包羅萬象，讓您生活單字輕鬆言

韓文字是由基本母音、基本子音、複合母音、氣音和硬音所構成。

其組合方式有以下幾種：

1.子音加母音，例如：저(我)
2.子音加母音加子音，例如：밤（夜晚）
3.子音加複合母音，例如：위（上）
4.子音加複合母音加子音，例如：관（官）
5.一個子音加母音加兩個子音，如：값（價錢）

簡易拼音使用方式：

1. 為了讓讀者更容易學習發音，本書特別使用「簡易拼音」來取代一般的羅馬拼音。
規則如下，
例如：
그러면 우리 집에서 저녁을 먹자.
geu.reo.myeon/u.ri/ji.be.seo/jeo.nyeo.geul/meok.jja
----------普遍拼音
geu.ro*.myo*n/u.ri/ji.be.so*/jo*.nyo*.geul/mo*k.jja
------------簡易拼音
那麼，我們在家裡吃晚餐吧！

文字之間的空格以「/」做區隔。
不同的句子之間以「//」做區隔。

基本母音：

	韓國拼音	簡易拼音	注音符號
ㅏ	a	a	ㄚ
ㅑ	ya	ya	ㄧㄚ
ㅓ	eo	o*	ㄛ
ㅕ	yeo	yo*	ㄧㄛ
ㅗ	o	o	ㄡ
ㅛ	yo	yo	ㄧㄡ
ㅜ	u	u	ㄨ
ㅠ	yu	yu	ㄧㄨ
ㅡ	eu	eu	(ㄜ)
ㅣ	i	i	ㄧ

特別提示：

1. 韓語母音「ㅡ」的發音和「ㄜ」發音類似，但是嘴型要拉開，牙齒要咬住，才發的準。

2. 韓語母音「ㅓ」的嘴型比「ㅗ」還要大，整個嘴巴要張開成「大O」的形狀，
「ㅗ」的嘴型則較小，整個嘴巴縮小到只有「小o」的嘴型，類似注音「ㄡ」。

3. 韓語母音「ㅕ」的嘴型比「ㅛ」還要大，整個嘴巴要張開成「大O」的形狀，
類似注音「ㄧㄛ」，「ㅛ」的嘴型則較小，整個嘴巴縮小到只有「小o」的嘴型，類似注音「ㄧㄡ」。

基本子音：

	韓國拼音	簡易拼音	注音符號
ㄱ	g,k	k	ㄎ
ㄴ	n	n	ㄋ
ㄷ	d,t	d,t	ㄊ
ㄹ	r,l	l	ㄌ
ㅁ	m	m	ㄇ
ㅂ	b,p	p	ㄆ
ㅅ	s	s	ㄙ,(ㄒ)
ㅇ	ng	ng	不發音
ㅈ	j	j	ㄗ
ㅊ	ch	ch	ㄘ

特別提示：

1. 韓語子音「ㅅ」有時讀作「ㄙ」的音，有時則讀作「ㄒ」的音。「ㄒ」音是跟母音「ㅣ」搭在一塊時，才會出現。
2. 韓語子音「ㅇ」放在前面或上面不發音；放在下面則讀作「ng」的音，像是用鼻音發「嗯」的音。
3. 韓語子音「ㅈ」的發音和注音「ㄗ」類似，但是發音的時候更輕，氣更弱一些。

氣音：

	韓國拼音	簡易拼音	注音符號
ㅋ	k	k	ㄎ
ㅌ	t	t	ㄊ
ㅍ	p	p	ㄆ
ㅎ	h	h	ㄏ

特別提示:

1. 韓語子音「ㅋ」比「ㄱ」的較重，有用到喉頭的音，音調類似國語的四聲。
   ㅋ＝ㄱ＋ㅎ
2. 韓語子音「ㅌ」比「ㄷ」的較重，有用到喉頭的音，音調類似國語的四聲。
   ㅌ＝ㄷ＋ㅎ
3. 韓語子音「ㅍ」比「ㅂ」的較重，有用到喉頭的音，音調類似國語的四聲。
   ㅍ＝ㅂ＋ㅎ

複合母音：

	韓國拼音	簡易拼音	注音符號
ㅐ	ae	e*	ㅔ
ㅒ	yae	ye*	一ㅔ
ㅔ	e	e	ㄟ
ㅖ	ye	ye	一ㄟ
ㅘ	wa	wa	ㄨㄚ
ㅙ	wae	we*	ㄨㅔ
ㅚ	oe	we	ㄨㄟ
ㅞ	we	we	ㄨㄟ
ㅝ	wo	wo	ㄨㄛ
ㅟ	wi	wi	ㄨ一
ㅢ	ui	ui	ㄜ一

特別提示：

1. 韓語母音「ㅐ」比「ㅔ」的嘴型大，舌頭的位置比較下面，發音類似「ae」；「ㅔ」的嘴型較小，舌頭的位置在中間，發音類似「e」。不過一般韓國人讀這兩個發音都很像。

2. 韓語母音「ㅒ」比「ㅖ」的嘴型大，舌頭的位置比較下面，發音類似「yae」；「ㅖ」的嘴型較小，舌頭的位置在中間，發音類似「ye」。不過很多韓國人讀這兩個發音都很像。

3. 韓語母音「ㅚ」和「ㅞ」比「ㅙ」的嘴型小些，「ㅙ」的嘴型是圓的；「ㅚ」、「ㅞ」則是一樣的發音。不過很多韓國人讀這三個發音都很像，都是發類似「we」的音。

硬音：

	韓國拼音	簡易拼音	注音符號
ㄲ	kk	g	ㄍ
ㄸ	tt	d	ㄉ
ㅃ	pp	b	ㄅ
ㅆ	ss	ss	ㄙ
ㅉ	jj	jj	ㄗ

特別提示：

1. 韓語子音「ㅆ」比「ㅅ」用喉嚨發重音，音調類似國語的四聲。
2. 韓語子音「ㅉ」比「ㅈ」用喉嚨發重音，音調類似國語的四聲。

*表示嘴型比較大

■ 序言

　　這是一本袖珍單字手冊，內容包羅萬象，您
可以塞在口袋裡，放在車上，或是擱在角落。不
管是等公車的通勤族，勇闖韓國的背包客，還是
任何時候想充實一下，隨手從包包裡、角落中抽
出這本書，就可以利用瑣碎的時間進修。

　　此書有最完整的單字內容，最人性化的印刷
排版，最生活化的內容。同時，它也是一本工具
書，提供您最簡便的查詢介面，從頁面側邊即可
很快找出您所需要的單字。

　　有了本書，您不需要騰出大把時間枯坐在書
桌前背單字，帶著它走到哪背到哪，韓文便可以
在無形中進步喔！

■ 第一章 基礎辭彙

■ 第二章 日常生活

● 食物篇

● 住家生活篇

● 日常用品篇

● 廚房餐具篇

● 日常保養篇

● 日常生活篇

● 時間方向概念篇

● 校園篇

● 公司篇

● 醫療疾病篇

● 書籍篇

■ 第三章　玩樂休閒

● 百貨購物

● 藝術音樂

● 運動比賽

● 旅遊

■ 第四章 生活常識

● 命理占星

● 自然環境

● 氣象災害

● 一般常識

基礎辭彙

● 代名詞

나 我	na
저 我	jo*
너 你	no*
당신 您	dang.sin
그 他	geu
그녀 她	geu.nyo*
우리 我們	u.ri
그들 他們	geu.deul
너희들 你們	no*.hi.deul
당신들 您們	dang.sin.deul
자네들 你們	ja.ne.deul

우리들 我們	u.ri.deul
여기 這裡	yo*.gi
거기 那裡	go*.gi
저기 那裡	jo*.gi
이게 這個（東西）、這	i.ge
그게 那個（東西）、那	geu.ge
저게 那個（東西）、那	jo*.ge
선생 先生	so*n.se*ng
아가씨 小姐	a.ga.ssi
부인 太太	bu.in
소녀 少女	so.nyo*

● 動詞	**1** 基礎辭彙
가다 去	ga.da
오다 來	o.da
놀다 玩	nol.da
하다 做	ha.da
먹다 吃	mo*k.da
마시다 喝	ma.si.da
만들다 製作	man.deul.da
말하다 說	mal.ha.da
보다 看	bo.da
읽다 閱讀	ik.da
듣다 聽	deut.da

입다 穿	ip.da
벗다 脫	bo*t.da
만나다 見面	man.na.da
씻다 洗	ssit.da
묻다 問	mut.da
웃다 笑	ut.da
울다 哭	ul.da
욕하다 罵	yo.ka.da
공부하다 讀書	gong.bu.ha.da
이야기하다 談話	i.ya.gi.ha.da
설명하다 說明	so*l.myo*ng.ha.da
노래하다 唱（歌）	no.re*.ha.da

멈추다 停下	mo*m.chu.da	
서다 站立	so*.da	
일어나다 起床	i.ro*.na.da	
앉다 坐	an.da	
눕다 躺	nup.da	
걷다 行走	go*t.da	
떠나다 離開	do*.na.da	
넘어지다 跌倒	no*.mo*.ji.da	
뛰다 跑、跳	dwi.da	
달리다 奔馳	dal.li.da	
날다 飛	nal.da	
타다 騎、乘	ta.da	

살다 住	sal.da
나오다 出來	na.o.da
나가다 出去	na.ga.da
오르다 上升	o.reu.da
내리다 下降	ne*.ri.da
지나다 經過	ji.na.da
도착하다 到達	do.cha.ka.da
돌아오다 回來	do.ra.o.da
고치다 修正	go.chi.da
치우다 收拾	chi.u.da
정리하다 整理	jo*ng.ni.ha.da
수리하다 修理	su.ri.ha.da

꾸미다 裝飾	gu.mi.da
배우다 學習	be*.u.da
학습하다 學習	hak.sseu.pa.da
이기다 贏	i.gi.da
지다 輸	ji.da
쉬다 休息	swi.da
돕다 幫助	dop.da
주다 給予	ju.da
가르치다 教導	ga.reu.chi.da
보내다 寄送	bo.ne*.da
빌리다 借	bil.li.da
사다 買	sa.da

팔다 賣	pal.da
생각하다 想	se*ng.ga.ka.da
생각나다 想起來	se*ng.gang.na.da
잊다 忘記	it.da
믿다 相信	mit.da
기억하다 記住	gi.o*.ka.da
삶다 煮	sam.da
끓이다 （水）燒開	geu.ri.da
볶다 炒	bok.da
굽다 烤	gup.da
때리다 打	de*.ri.da
치다 拍（手）	chi.da

불다 吹	bul.da	
잡다 抓	jap.da	
피우다 抽（菸）	pi.u.da	
꺼내다 拿出	go*.ne*.da	
뽑다 拔	bop.da	
지니다 攜帶	ji.ni.da	
당기다 拉	dang.gi.da	
밀다 推	mil.da	
들다 舉、提	deul.da	
놓다 放置	no.ta	
옮기다 搬	om.gi.da	
걸다 掛	go*l.da	

덮다 蓋上	do*p.da
열다 開	yo*l.da
닫다 關	dat.da
끄다 熄滅	geu.da
싸다 包、捆	ssa.da
잃다 丟失	il.ta
깨지다 破碎	ge*.ji.da
선택하다 選擇	so*n.te*.ka.da
고르다 挑選	go.reu.da
찍다 拍（照）	jjik.da
쓰다 寫	sseu.da
그리다 畫	geu.ri.da

1
基礎辭彙

일 하다 工作	il.ha.da
처리 하다 處理	cho*.ri.ha.da
제작 하다 製作	je.ja.ka.da
표현 하다 表現	pyo.hyo*n.ha.da
받다 接受	bat.da
얻다 取得	o*t.da
부치다 寄	bu.chi.da
남다 剩下	nam.da
머무르다 滯留	mo*.mu.reu.da
대답 하다 回答	de*.da.pa.da
희망 하다 希望	hi.mang.ha.da
결정 하다 決定	gyo*l.jo*ng.ha.da

사랑하다 愛	sa.rang.ha.da
좋아하다 喜歡	jo.a.ha.da
화내다 生氣	hwa.ne*.da
잠자다 睡覺	jam.ja.da
참가하다 參加	cham.ga.ha.da
노력하다 努力	no.ryo*.ka.da
끝내다 結束	geun.ne*.da
협력하다 協力	hyo*m.nyo*.ka.da
근무하다 工作	geun.mu.ha.da
토론하다 討論	to.ron.ha.da
개다 （天氣）放晴	ge*.da
흐르다 流動	heu.reu.da

태어나다 出生	te*.o*.na.da
보고하다 報告	bo.go.ha.da
자라다 長大	ja.ra.da
살다 活	sal.da
죽다 死	juk.da
도망하다 逃亡	do.mang.ha.da
변하다 變化	byo*n.ha.da
출석하다 出席	chul.so*.ka.da
기다 爬	gi.da
기다리다 等待	gi.da.ri.da
누르다 按	nu.reu.da

● 形容詞

싫다
討厭、不喜歡
sil.ta

재미있다
有趣
je*.mi.it.da

무섭다
可怕
mu.so*p.da

이상하다
奇怪
i.sang.ha.da

아쉽다
真可惜
a.swip.da

대단하다
了不起
de*.dan.ha.da

귀찮다
麻煩
gwi.chan.ta

나쁘다
壞
na.beu.da

멋있다
帥氣
mo*.sit.da

크다
大
keu.da

작다
小
jak.da

많다 多	man.ta
적다 少	jo*k.da
멀다 遠	mo*l.da
가깝다 近	ga.gap.da
길다 長	gil.da
짧다 短	jjap.da
두껍다 厚	du.go*p.da
가볍다 輕薄	ga.byo*p.da
높다 高	nop.da
낮다 矮	nat.da
깊다 深	gip.da
얕다 淺	yat.da

낡다 老舊	nak.da
늦다 晚、遲	neut.da
빠르다 快	ba.reu.da
오래다 長久	o.re*.da
특별하다 特別	teuk.byo*l.ha.da
위험하다 危險	wi.ho*m.ha.da
뚜렷하다 清楚	du.ryo*t.da.da
분명하다 分明	bun.myo*ng.ha.da
중요하다 重要	jung.yo.ha.da
이상하다 奇怪	i.sang.ha.da
오래되다 古老	o.re*dwe.da
같다 一樣	gat.da

충분하다 充分	chung.bun.ha.da
딱딱하다 堅硬	dak.da.ka.da
번거롭다 麻煩	bo*n.go*.rop.da
부드럽다 柔軟	bu.deu.ro*p.da
좋다 好	jo.ta
평화롭다 和平	pyo*ng.hwa.rop.da
아름답다 美麗	a.reum.dap.da
귀하다 貴重	gwi.ha.da
비싸다 昂貴	bi.ssa.da
싸다 便宜	ssa.da
맛있다 好吃	ma.sit.da
맛없다 難吃	ma.do*p.da

1

基礎辭彙

진실하다 真誠	jin.sil.ha.da
귀엽다 可愛	gwi.yo*p.da
두렵다 害怕	du.ryo*p.da
어렵다 難	o*.ryo*p.da
쉽다 簡單	swip.da
깨끗하다 乾淨	ge*.geu.ta.da
번화하다 熱鬧	bo*n.hwa.ha.da
총명하다 聰明	chong.myo*ng.ha.da
멍청하다 笨拙	mo*ng.cho*ng.ha.da
건강하다 健康	go*n.gang.ha.da
배고프다 肚子餓	be*.go.peu.da
배부르다 肚子飽	be*.bu.reu.da

목마르다 口渴	mong.ma.reu.da
쓰다 苦	sseu.da
달다 甜	dal.da
짜다 鹹	jja.da
기쁘다 高興	gi.beu.da
편안하다 舒服	pyo*.nan.ha.da
적당하다 適當	jo*k.dang.ha.da
아프다 痛	a.peu.da
가난하다 貧窮	ga.nan.ha.da
바쁘다 忙	ba.beu.da
피곤하다 疲勞	pi.gon.ha.da
힘들다 辛苦	him.deul.da

튼튼하다 結實	teun.teun.ha.da

● 副詞

갑자기 突然	gap.jja.gi
아주 非常	a.ju
빨리 快	bal.li
정말 真的	jo*ng.mal
참 真的	cham
천천히 慢慢地	cho*n.cho*n.hi
좀 稍微	jom
매우 很、十分	me*.u
너무 太	no*.mu
더욱 更	do*.uk

점점 漸漸	jo*m.jo*m
가장 最	ga.jang
다시 再	da.si
마음대로 隨心所欲	ma.eum.de*.ro
대단히 相當	de*.dan.hi
늘 總是	neul
언제나 無論何時	o*n.je.na
마치 好像	ma.chi
대략 大略	de*.ryak
아마 大概	a.ma
혹시 如果	hok.ssi
어쩌면 搞不好	o*.jjo*.myo*n

또 又、再	do
아직 還、尚	a.jik
여전히 依然	yo*.jo*n.hi
더더욱 更加	do*.do*.uk
곧 馬上	got
비로소 才	bi.ro.so
오히려 反而	o.hi.ryo*
도리어 反而	do.ri.o*
함께 一起	ham.ge
같이 一起	ga.chi
모두 全部	mo.du
전부 全部	jo*n.bu

단지 只	dan.ji
다만 僅僅	da.man
오직 只、僅	o.jik
똑바로 正直	dok.ba.ro
내내 始終	ne*.ne*
당연히 當然	dang.yo*n.hi
과연 果然	gwa.yo*n
다행히 幸好	da.he*ng.hi
잘 好好地	jal
반드시 一定	ban.deu.si
절대로 絕對	jo*l.de*.ro
결코 絕不	gyo*l.ko

제발 千萬	je.bal
부디 務必	bu.di
이미 已經	i.mi
벌써 已經	bo*l.sso*
또한 也	do.han
더욱이 尤其	do*.u.gi
먼저 先	mo*n.jo*
우선 首先	u.so*n
원래 原來	wol.le*
여태껏 至今	yo*.te*.go*t
방금 剛剛	bang.geum
막 剛剛	mak

바로 馬上	ba.ro
마침 正好	ma.chim
꼭 務必	gok
도대체 到底	do.de*.che
항상 經常	hang.sang
즉시 立刻	jeuk.ssi
금방 馬上	geum.bang
어서 趕快	o*.so*
여전히 仍然	yo*.jo*n.hi
역시 原來	yo*k.ssi

● 疑問詞

누구 誰	nu.gu

몇 幾個	myo*t
무엇 什麼	mu.o*t
어느 哪一個	o*.neu
어디 哪裡	o*.di
언제 哪時	o*n.je
얼마나 多少	o*l.ma.na
왜 為什麼	we*.yo
어떤 怎麼樣、哪一種	o*.do*n
누가 誰	nu.ga
무슨 哪一種	mu.seun
뭐 什麼	mwo

● 連接詞

그리고 而且	geu.ri.go
하지만 但是	ha.ji.man
그런데 然而、可是	geu.ro*n.de
그래서 所以	geu.re*.so*
그래도 還是要	geu.re*.do
어쨌든 無論如何	o*.jje*t.deun
그러면 那麼	geu.ro*.myo*n
그러니까 正因為如此	geu.ro*.ni.ga
그러므로 因此	geu.ro*.meu.ro
그러니 可是	geu.ro*.na
그렇지만 雖然如此	geu.ro*.chi.man

| 게다가
而且 | ge.da.ga |

● 韓文數字

하나 一	ha.na
둘 二	dul
셋 三	set
넷 四	net
다섯 五	da.so*t
여섯 六	yo*.so*t
일곱 七	il.gop
여덟 八	yo*.do*l
아홉 九	a.hop
열 十	yo*l

열한 十一	yo*l.han
열두 十二	yo*l.du

● 漢字數字

일 一	il
이 二	i
삼 三	sam
사 四	sa
오 五	o
육 六	yuk
칠 七	chil
팔 八	pal
구 九	gu

십 十	sip
백 百	be*k
천 千	cho*n
만 萬	man
십만 十萬	sim.man
백만 百萬	be*ng.man
천만 千萬	cho*n.man
억 億	o*k
일억 一億	i.ro*k
백억 百億	be*.go*k
천억 千億	cho*.no*k
조 兆	jo

공 零	gong
제로 零	je.ro

● 外來語

가라오케 卡拉 OK（karaoke）	ga.ra.o.ke
게임 遊戲（game）	ge.im
노트북 筆電（notebook）	no.teu.buk
골프 高爾夫（golf）	gol.peu
넥타이 領帶（necktie）	nek.ta.i
뉴스 新聞（news）	nyu.seu
다이어트 減肥（diet）	da.i.o*.teu
데이트 約會（date）	de.i.teu
노트 筆記（note）	no.teu

다운로드 下載 (download)	da.ul.lo.deu
드라마 連續劇 (drama)	deu.ra.ma
디자인 設計 (design)	di.ja.in
라디오 收音機 (radio)	ra.di.o
라이터 打火機 (lighter)	ra.i.to*
레스토랑 西式餐廳 (restaurant)	re.seu.to.rang
럭비 橄欖球 (rugby)	ro*k.bi
리본 絲帶 (ribbon)	ri.bon
립스틱 口紅 (lipstick)	rip.sseu.tik
마라톤 馬拉松 (marathon)	ma.ra.ton
마우스 滑鼠 (mouse)	ma.u.seu
메뉴 菜單 (menu)	me.nyu

메모
記錄 (memo)　　　me.mo

메시지
信息 (message)　　me.si.ji

멜론
哈密瓜 (melon)　　mel.lon

모니터
螢幕 (monitor)　　mo.ni.to*

바나나
香蕉 (banana)　　ba.na.na

버스
公車 (bus)　　bo*.seu

볼펜
圓珠筆 (ballpoint)　bol.pen

브래지어
胸罩 (brassiere)　beu.re*.ji.o*

비디오
錄影機 (video)　　bi.di.o

빌딩
大樓 (building)　　bil.ding

사이다
汽水 (cider)　　sa.i.da

사이즈
尺寸 (size)　　sa.i.jeu

사인 簽名（sign）	sa.in
샤워 淋浴（shower）	sya.wo
서비스 服務（service）	so*.bi.seu
세일 降價（sale）	se.il
소파 沙發（sofa）	so.pa
쇼핑 購物（shobing）	syo.ping
선글라스 太陽眼鏡（sunglasses）	so*n.geul.la.seu
슈퍼마켓 超級市場（supermarket market）	syu.po*.ma.ket
스트레스 壓力（streess）	seu.teu.re.seu
스포츠 運動（sports）	seu.po.cheu
스타 明星（star）	seu.ta
아나운서 播音員（announcer）	a.na.un.so*

아르바이트 打工 (Arbeit 德)	a.reu.ba.i.teu
아이스크림 冰淇淋 (Ice cream)	a.i.seu.keu.rim
아파트 公寓 (apartment)	a.pa.teu
앨범 相簿 (album)	e*l.bo*m
액세서리 首飾 (accessory)	e*k.sse.so*.ri
에어컨 冷氣 (air conditioner)	e.o*.ko*n
엘리베이터 電梯 (elevator)	el.li.be.i.to*
오렌지 柳橙 (orange)	o.ren.ji
오토바이 摩托車 (auto bicylcle)	o.to.ba.i
와이셔츠 襯衫 (white shirts)	wa.i.syo*.cheu
원피스 連衣裙 (one-piece)	won.pi.seu
위스키 威士忌 (whiskey)	wi.seu.ki

유럽 歐洲 (Europe)	yu.ro*p
이메일 電子郵件 (E-mail)	i.me.il
인터넷 網路 (Internet)	in.to*.net
인터뷰 采訪 (interview)	in.to*.byu
오페라 歌劇 (opera)	o.pe.ra
올림픽 奧運 (Olympic)	ol.lim.pik
조깅 慢跑 (jogging)	jo.ging
주스 果汁 (juice)	ju.seu
초콜릿 巧克力 (chocolate)	cho.kol.lit
카드 卡片 (card)	ka.deu
카메라 照相機 (camera)	ka.me.ra
카센터 汽車修理中心 (car center)	ka.sen.to*

칵테일 雞尾酒（cocktail）	kak.te.il
커피 咖啡（coffee）	ko*.pi
카페 咖啡店（café 法）	ka.pe
컴퓨터 電腦（computer）	ko*m.pyu.to*
컵 杯子（cup）	ko*p
케이크 蛋糕（cake）	ke.i.keu
코트 大衣外套（coat）	ko.teu
콘서트 演唱會（concert）	kon.so*.teu
콜라 可樂（cola）	kol.la
쿠폰 獎券（coupon）	ku.pon
키위 奇異果（kiwi）	ki.wi
택시 計程車（taxi）	te*k.ssi

탤런트 電視演員 (talent)	te*l.lo*n.teu
테니스 網球 (tennis)	te.ni.seu
테이블 桌子 (table)	te.i.beul
텔레비전 電視 (television)	tel.le.bi.jo*n
토마토 番茄 (tomato)	to.ma.to
트럭 卡車 (truck)	teu.ro*k
티셔츠 T恤 (T-shirt)	ti.syo*.cheu
파티 派對 (party)	pa.ti
파인애플 鳳梨 (pineable)	pa.i.ne*.peul
팝송 流行音樂 (pop song)	pap.ssong
팩스 傳真 (fax)	pe*k.sseu
팬티 內褲 (panties)	pe*n.ti

페이지 頁 (page)	pe.i.ji
포크 叉子 (fork)	po.keu
프로그램 節目 (program)	peu.ro.geu.re*m
피아노 鋼琴 (piano)	pi.a.no
피자 披薩 (pizza)	pi.ja
필름 膠卷 (film)	pil.leum
핸드백 手提包 (handbag)	he*n.deu.be*k
핸드폰 手機 (hand phone)	he*n.deu.pon
햄버거 漢堡 (hamburger)	he*m.bo*.go*
헬스클럽 健身 (health club)	hel.seu.keul.lo*p
호텔 飯店 (hotel)	ho.tel

● 外型類

긴머리 長頭髮	gin/mo*.ri
단발 머리 短頭髮	dan.bal/mo*.ri
파마머리 燙髮	pa.ma/mo*.ri
곱슬 머리 捲髮	gop.sseul/mo*.ri
묶는 머리 綁頭髮	mung.neun/mo*.ri
앞머리 瀏海	am.mo*.ri
대머리 光頭	de*.mo*.ri
염색머리 染髮	yo*m.se*k/mo*.ri
키가 크다 高	ki.ga/keu.da
키가 작다 矮	ki.ga/jak.da
날씬하다 苗條	nal.ssin.ha.da

뚱뚱하다 胖	dung.dung.ha.da
섹시하다 性感	sek.ssi.ha.da
매력이 있다 有魅力	me*.ryo*.gi/it.da
여위다 瘦	yo*.wi.da
우아하다 優雅	u.a.ha.da
건장하다 健壯	go*n.jang.ha.da
잘 생기다 英俊	jal/sse*ng.gi.da
곱다 美麗	gop.da
예쁘다 漂亮	ye.beu.da
요염하다 妖豔	yo.yo*m.ha.da
귀엽다 可愛	gwi.yo*p.da
멋있다 帥氣	mo*.sit.da

● 表達情緒類

사랑하다 愛	sa.rang.ha.da
좋아하다 喜歡	jo.a.ha.da
기쁘다 高興	gi.beu.da
흥분하다 興奮	heung.bun.ha.da
행복하다 幸福	he*ng.bo.ka.da
기대하다 期待	gi.de*.ha.da
그립다 想念	geu.rip.da
화내다 生氣	hwa.ne*.da
감동하다 感動	gam.dong.ha.da
분노하다 憤怒	bun.no.ha.da
원망하다 埋怨	won.mang.ha.da

걱정하다 擔心	go*k.jjo*ng.ha.da
밉다 討厭	mip.da
싫다 討厭	sil.ta
발갛다 臉紅	bal.ga.ta
질투하다 嫉妒	jil.tu.ha.da
분하다 氣憤	bun.ha.da
부럽다 羨慕	bu.ro*p.da
불쾌하다 不愉快	bul.kwe*.ha.da
긴장하다 緊張	gin.jang.ha.da
고민하다 煩惱	go.min.ha.da
두렵다 害怕	du.ryo*p.da
걱정하다 擔心	go*k.jjo*ng.ha.da

서럽다 悲傷	so*.ro*p.da
심심하다 悶	sim.sim.ha.da
쓸쓸하다 寂寞	sseul.sseul.ha.da
수줍다 害羞	su.jup.da
기쁘다 快樂	gi.beu.da
대소하다 大笑	de*.so.ha.da
농담하다 開玩笑	nong.dam.ha.da
미소짓다 微笑	mi.so.jit.da
울다 哭	ul.da
웃다 笑	ut.da
통곡하다 痛哭	tong.go.ka.da
갑갑하다 鬱悶	gap.ga.pa.da

냉혹하다
冷酷

ne*ng.ho.ka.da

第二章

日常生活

■ 食物篇

● 食材

쌀 米	ssal
찹쌀 糯米	chap.ssal
채소 蔬菜	che*.so
해산물 海產	he*.san.mul
육류 肉類	yung.nyu
국수 麵條	guk.ssu

● 肉類

돼지고기 豬肉	dwe*.ji.go.gi
닭고기 雞肉	dal.go.gi
양고기 羊肉	yang.go.gi

쇠고기 牛肉	swe.go.gi
오리고기 鴨肉	o.ri.go.gi
개고기 狗肉	ge*.go.gi
기름진 고기 肥肉	gi.reum.jin/go.gi
살코기 瘦肉	sal.ko.gi
삼겹살 五花肉	sam.gyo*p.ssal
갈비 排骨	gal.bi
계란 雞蛋	gye.ran
오리알 鴨蛋	o.ri.al
노른자 蛋黃	no.reun.ja
소시지 香腸	so.si.ji
베이컨 培根	be.i.ko*n

● 蔬菜

호박 南瓜	ho.bak
수세미외 絲瓜	su.se.mi.we
여주 苦瓜	yo*.ju
동과 冬瓜	dong.gwa
고구마 地瓜	go.gu.ma
오이 小黃瓜	o.i
배추 白菜	be*.chu
미나리 芹菜	mi.na.ri
시금치 菠菜	si.geum.chi
양파 洋蔥	yang.pa
마늘 大蒜	ma.neul

파 蔥	pa
생강 生薑	se*ng.gang
고추 辣椒	go.chu
피망 青椒	pi.mang
콩나물 黃豆芽	ong.na.mul
녹두나물 綠豆芽	nok.du.na.mul
당근 紅蘿蔔	dang.geun
무 蘿蔔	mu
감자 馬鈴薯	gam.ja
옥수수 玉米	ok.ssu.su
가지 茄子	ga.ji
버섯 蘑菇	bo*.so*t

완두콩 豌豆	wan.du.kong
김 紫菜	gim
부추 韭菜	bu.chu
두부 豆腐	du.bu
연근 蓮藕	yo*n.geun
죽순 竹筍	juk.ssun
토란 芋頭	to.ran
토마토 番茄	to.ma.to
유채꽃 油菜花	yu.che*.got
송이 香菇	song.i
우엉 牛蒡	u.o*ng
박하 薄荷	ba.ka

카이란 芥蘭菜	ka.i.ran
산나물 野菜	san.na.mul
채심 菜心	che*.sim
청경채 青江菜	cho*ng.gyo*ng.che*
공심채 空心菜	gong.sim.che*
아스파라거스 蘆筍	a.seu.pa.ra.go*.seu
브로콜리 花椰菜	beu.ro.kol.li
샐러리 芹菜	se*l.lo*.ri
연근 蓮藕	yo*n.geun
목이버섯 木耳	mo.gi.bo*.so*t
송이버섯 松蕈	song.i.bo*.so*t

● 穀類

곡류 穀類	gong.nyu
밀 小麥	mil
좁쌀 小米	jop.ssal
수수 高粱	su.su
콩 豆子	kong
대두 黃豆	de*.du
팥 紅豆	pat
녹두 綠豆	nok.du
강낭콩 菜豆	gang.nang.kong
잠두 蠶豆	jam.du
풋콩 毛豆	put.kong

2
日常生活

| 붉은 고구마
紅薯 | bul.geun/go.gu.ma |
| 흰 고구마
白薯 | hin/go.gu.ma |

● 海鮮

담수어 淡水魚	dam.su.o*
해수어 海魚	he*.su.o*
잉어 鯉魚	ing.o*
붕어 鯽魚	bung.o*
송어 鱒魚	song.o*
뱀장어 鰻魚	be*m.jang.o*
넙치 比目魚	no*p.chi
참치 鮪魚	cham.chi
도미 鯛魚	do.mi

새우 蝦子	se*.u
대하 明蝦	de*.ha
게 螃蟹	ge
갯가재 蝦蛄	ge*t.ga.je*
가리비 干貝	ga.ri.bi
대합 文蛤	de*.hap
모시조개 蛤蜊	mo.si.jo.ge*
굴 牡蠣	gul
우렁이 田螺	u.ro*ng.i
해파리 海蜇皮	he*.pa.ri
해삼 海參	he*.sam
성게 海膽	o*ng.ge

문어 章魚	mu.no*
오징어 魷魚	o.jing.o*
다시마 海帶	da.si.ma

● 調味料

연유 煉乳	yo*.nyu
프리마 （咖啡）奶精	peu.ri.ma
두유 豆奶	du.yu
분유 奶粉	bu.nyu
통조림 罐頭	tong.jo.rim
밀가루 麵粉	mil.ga.ru
오트밀 燕麥片	o.teu.mil
콩기름 花生油	kong.gi.reum

올리브유 橄欖油	ol.li.beu.yu
참기름 芝麻油	cham.gi.reum
간장 醬油	gan.jang
화학조미료 味精	hwa.hak.jjo.mi.ryo
소금 鹽巴	so.geum
젓갈 醬	jo*t.gal
고추장 辣椒醬	go.chu.jang
식초 食用醋	sik.cho
고구마가루 地瓜粉	go.gu.ma.ga.ru
옥수수전분 玉米粉	ok.ssu.su.jo*n.bun
쇠고기 다시다 牛肉粉	swe.go.gi/da.si.da
생선 다시다 海鮮粉	se*ng.so*n/da.si.da

닭고기 다시다 雞肉粉	dal.go.gi/da.si.da
후추가루 胡椒粉	hu.chu.ga.ru
고추가루 辣椒粉	go.chu.ga.ru
설탕 糖	so*l.tang
조미료 調味料	jo.mi.ryo
흑설탕 黑糖	heuk.sso*l.tang
버터 奶油	bo*.to*
머스터드 芥末醬	mo*.seu.to*.deu
캐비아 魚子醬	ke*.bi.a
참깨 芝麻	cham.ge*
스파이스 香料	seu.pa.i.seu
케첩 番茄醬	ke.cho*p

녹말가루 太白粉	nong.mal.ga.ru
산초 花椒	san.cho
잼 果醬	je*m
딸기잼 草莓醬	dal.gi.je*m

● 糕點類

빵 麵包	bang
케이크 蛋糕	ke.i.keu
치즈케이크 起司蛋糕	chi.jeu.ke.i.keu
쵸코렛케이크 巧克力蛋糕	chyo.ko.ret.ke.i.keu
무스케이크 慕斯蛋糕	mu.seu.ke.i.keu
슈크림 泡芙	syu.keu.rim
피자 披薩	pi.ja

2
日常生活

사과파이 蘋果派	sa.gwa.pa.i
도넛 甜甜圈	do.no*t
찹쌀떡 糯米糕	chap.ssal.do*k
팥떡 紅豆糕	pat.do*k
한과 漢菓（韓國傳統餅乾）	han.gwa
짠크래커 鹹餅乾	jjan.keu.re*.ko*
단크래커 甜餅乾	dan.keu.re*.ko*
소다크래커 蘇打餅乾	so.da.keu.re*.ko*
비스켓 夾心餅乾	bi.seu.ket
포테이토칩 洋芋片	po.te.i.to.chip
팝콘 爆米花	pap.kon
초콜릿 巧克力	cho.kol.lit

사탕 糖果	sa.tang
밀크캐러멜 牛奶糖	mil.keu.ke*.ro*.mel
아이스크림 冰淇淋	a.i.seu.keu.rim
바닐라아이스크림 香草冰淇淋	ba.nil.la.a.i.seu.keu.rim
딸기아이스크림 草莓冰淇淋	dal.gi.a.i.seu.keu.rim
아이스바 冰棒	a.i.seu.ba
푸딩 布丁	pu.ding
젤리 果凍	jel.li
양갱 羊羹	yang.ge*ng
경단 （糯米）糰子	gyo*ng.dan
센베이 仙貝	sen.be.i
와플 鬆餅	wa.peul

풀빵 鯛魚燒	pul.bang
과자 餅乾	gwa.ja
크레프 可麗餅	keu.re.peu
파이 餡餅	pa.i

● 水果類

과일가게 水果店	gwa.il.ga.ge
사과 蘋果	sa.gwa
배 梨子	be*
감귤 蜜橘	gam.gyul
오렌지 柳橙	o.ren.ji
레몬 檸檬	re.mon
야자 椰子	ya.ja

수밀도 水蜜桃	su.mil.do
복숭아 桃子	bok.ssung.a
오얏 李子	o.yat
곶감 柿餅	got.gam
대추 大棗	de*.chu
두리안 榴槤	du.ri.an
멜론 哈密瓜	mel.lon
밤 栗子	bam
방울 토마토 小番茄	bang.ul/to.ma.to
버찌 櫻桃	bo*.jji
참외 甜瓜	cha.mwe
키위 奇異果	ki.wi

2 日常生活

파파야 木瓜	pa.pa.ya
호두 胡桃	ho.du
바나나 香蕉	ba.na.na
여지 荔枝	yo*.ji
파인애플 鳳梨	pa.i.ne*.peul
앵두 櫻桃	e*ng.du
포도 葡萄	po.do
석류 石榴	so*ng.nyu
감 柿子	gam
망고 芒果	mang.go
수박 西瓜	su.bak
비파 枇杷	bi.pa

딸기 草莓	dal.gi
자몽 葡萄柚	ja.mong

● 料理種類

갈비탕 牛骨湯	gal.bi.tang
감자탕 馬鈴薯排骨湯	gam.ja.tang
감자튀김 炸薯條	gam.ja.twi.gim
김치 泡菜	gim.chi
돌솥비빔밥 石鍋拌飯	dol.sot.bi.bim.bap
떡국 年糕湯	do*k.guk
떡볶이 辣炒年糕	do*k.bo.gi
라면 泡麵	ra.myo*n
미역국 海帶湯	mi.yo*k.guk

볶음밥 炒飯	bo.geum.bap
불고기 烤肉	bul.go.gi
새우초밥 蝦子壽司	se*.u.cho.bap
쇠고기덮밥 牛肉蓋飯	swe.go.gi.do*p.bap
오징어덮밥 魷魚蓋飯	o.jing.o*.do*p.bap
김치볶음밥 泡菜炒飯	gim.chi.bo.geum.bap
단호박죽 甜南瓜粥	dan.ho.bak.jjuk
궁중비빔밥 宮廷拌飯	gung.jung.bi.bim.bap
김치전 泡菜煎餅	gim.chi.jo*n
냉면 冷麵	ne*ng.myo*n
계란찜 蒸蛋	gye.ran.jjim
만두 水餃	man.du

왕만두 包子	wang.man.du
매운탕 辣魚湯	me*.un.tang
삼계탕 蔘雞湯	sam.gye.tang
생선구이 烤魚	se*ng.so*n.gu.i
회 生魚片	hwe
스파게티 義大利麵	seu.pa.ge.ti
알밥 魚卵石鍋飯	al.bap
우동 烏龍麵	u.dong
자장면 炸醬麵	ja.jang.myo*n
족발 豬腳	jok.bal
짬뽕 炒碼麵	jjam.bong
김치솥밥 泡菜鍋飯	gim.chi.sot.bap

불고기생채비빔밥 烤肉生菜拌飯	bul.go.gi.se*ng.che*.bi.bim.bap
생선볶음밥 海鮮炒飯	se*ng.so*n.bo.geum.bap
콩나물국밥 豆芽湯飯	kong.na.mul.guk.bap
새우볶음밥 蝦仁炒飯	se*.u.bo.geum.bap
계란볶음밥 蛋炒飯	gye.ran.bo.geum.bap
김밥 飯卷	gim.bap
끓인 누룽지 煮鍋巴	geu.rin/nu.rung.ji
버섯야채 죽 蘑菇蔬菜粥	bo*.so*.sya.che*.juk
야채 죽 蔬菜粥	ya.che*.juk
전복죽 鮑魚粥	jo*n.bok.jjuk
호두죽 核桃粥	ho.du.juk
된장찌개 大醬湯	dwen.jang.jji.ge*

김치찌개 泡菜鍋	gim.chi.jji.ge*
부대찌개 部隊鍋	bu.de*.jji.ge*
돼지고기두부찌개 豬肉豆腐鍋	dwe*.ji.go.gi.du.bu.jji.ge*
칼국수 刀削麵	kal.guk.ssu
순두부찌개 嫩豆腐鍋	sun.du.bu.jji.ge*
치킨 炸雞	chi.kin
토스트 土司	to.seu.teu
샌드위치 三明治	se*n.deu.wi.chi
오므라이스 蛋包飯	o.meu.ra.i.seu
카레 咖哩	ka.re
라멘 拉麵	ra.men
메밀국수 蕎麥麵	me.mil.guk.ssu

주먹밥 飯糰	ju.mo*k.bap
당면 冬粉	dang.myo*n
돈까스덮밥 豬排飯	don.ga.seu.do*p.bap

● 水類

음료수 飲料	eum.nyo.su
끓인 물 開水	geu.rin/mul
광천수 礦泉水	gwang.cho*n.su
뜨거운 물 熱水	deu.go*.un/mul
아이스티 冰茶	a.i.seu.ti
온수 溫水	on.su
냉수 涼水	ne*ng.su

● 各式飲料類

차 茶	cha
우유 牛奶	u.yu
쥬스 果汁	jyu.seu
커피 咖啡	ko*.pi
핫코코아 熱可可	hat.ko.ko.a
요쿠르트 養樂多	yo.ku.reu.teu

● 果汁類

사과쥬스 蘋果汁	sa.gwa.jyu.seu
오렌지쥬스 柳橙汁	o.ren.ji.jyu.seu
포도쥬스 葡萄汁	po.do.jyu.seu
파파야쥬스 木瓜果汁	pa.pa.ya.jyu.seu

수박쥬스 西瓜汁	su.bak.jjyu.seu
레몬쥬스 檸檬果汁	re.mon.jyu.seu
자몽쥬스 葡萄柚果汁	ja.mong.jyu.seu
토마토쥬스 番茄汁	to.ma.to.jyu.seu

● 氣泡飲料類

콜라 可樂	kol.la
사이다 汽水	sa.i.da
환타 芬達	hwan.ta
펩시 百事可樂	pep.ssi
스프라이트 雪碧	seu.peu.ra.i.teu

● 咖啡類

커피우유 咖啡牛奶	ko*.pi.u.yu

| 아이스커피 | a.i.seu.ko*.pi |
| 冰咖啡 | |

| 카페 라테 | ka.pe.ra.te |
| 咖啡拿鐵 | |

| 카푸치노커피 | ka.pu.chi.no.ko*.pi |
| 卡布其諾咖啡 | |

| 비엔나커피 | bi.en.na.ko*.pi |
| 維也納咖啡 | |

● 茶類

| 녹차 | nok.cha |
| 綠茶 | |

| 우롱차 | u.rong.cha |
| 烏龍茶 | |

| 홍차 | hong.cha |
| 紅茶 | |

| 아삼홍차 | a.sam.hong.cha |
| 阿薩姆紅茶 | |

| 밀크홍차 | mil.keu.hong.cha |
| 奶茶 | |

| 레몬차 | re.mon.cha |
| 檸檬茶 | |

| 보리차 | bo.ri.cha |
| 麥茶 | |

옥수수차 玉米茶	ok.ssu.su.cha
국화차 菊花茶	gu.kwa.cha

● 酒類

맥주 啤酒	me*k.jju
생맥주 生啤酒	se*ng.me*k.jju
위스키 威士忌	wi.seu.ki
브랜디 白蘭地	beu.re*n.di
양주 洋酒	yang.ju
화이트와인 白酒	hwa.i.teu.wa.in
샴페인 香檳	syam.pe.in
칵테일 雞尾酒	kak.te.il
과실주 水果酒	gwa.sil.ju

소주 燒酒	so.ju
막걸리 米酒	mak.go*l.li
청주 清酒	cho*ng.ju
레드와인 紅酒	re.deu.wa.in
흑맥주 黑啤酒	heung.me*k.jju

■ 住家生活篇

● 居住形式

아파트 公寓	a.pa.teu
빌딩 大樓	bil.ding
단독주택 單獨住宅	dan.dok.jju.te*k
공동주택 共同住宅（公寓）	gong.dong.ju.te*k
별장 別墅	byo*l.jang
고시텔 考試院	go.si.tel
원룸 套房	wol.lum

● 房屋內部

거실 客廳	go*.sil
욕실 浴室	yok.ssil

방 房間	bang
부엌 廚房	bu.o*k
서재 書房	so*.je*
화원 花園	hwa.won
못 池塘	mot
베란다 陽臺	be.ran.da
정원 庭院	jo*ng.won
차고 車庫	cha.go

● 寢室用品

안방 主臥室	an.bang
침실 臥室	chim.sil
침대 床	chim.de*

2
日常生活

침대시트 床單	chim.de*.si.teu
베드커버 床罩	be.deu.ko*.bo*
이불 棉被	i.bul
베개 枕頭	be.ge*
책꽂이 書架	che*k.go.ji
화장대 梳妝台	hwa.jang.da
책상 書桌	che*k.ssang
의자 椅子	ui.ja
옷장 衣櫃	ot.jjang
옷걸이 衣架	ot.go*.ri
커튼 窗簾	ko*.teun
방석 坐墊	bang.so*k

포스터 海報	po.seu.to*
담요 毛毯	dam.nyo

● 廚房

찬장 碗櫃	chan.jang
싱크대 洗滌槽	sing.keu.de*
식탁 餐桌	sik.tak
냉장고 冰箱	ne*ng.jang.go
가스렌지 瓦斯爐	ga.seu.ren.ji
렌지후드 抽油煙機	rcn.ji.hu.dcu
도마 砧板	do.ma
솥 鍋	sot
식칼 菜刀	sik.kal

냄비
鍋子
ne*m.bi

가스통
瓦斯桶
ga.seu.tong

● 浴室用品

수도꼭지
水龍頭
su.do.gok.jji

변기
馬桶
byo*n.gi

샤워기
蓮蓬頭
sya.wo.gi

욕조
浴缸
yok.jjo

세면대
洗手台
se.myo*n.de*

비누
肥皂
bi.nu

수건
毛巾
su.go*n

화장지
衛生紙
hwa.jang.ji

수건걸이
毛巾架
su.go*n.go*.ri

거울 鏡子	go*.ul

● 客廳用品

TV 장 電視櫃	TVjang
장식장 裝飾櫃	jang.sik.jjang
어항 魚缸	o*.hang
소파 沙發	so.pa
벽시계 壁鐘	byo*k.ssi.gye
찻상 茶桌	chat.ssang
그림 틀 畫框	geu.rim.teul
장식품 裝飾品	jang.sik.pum
카페트 地毯	ka.pe.teu

● 房屋相關

계단 樓梯	gye.dan
굴뚝 煙囪	gul.duk
문패 門牌	mun.pe*
우편함 信箱	u.pyo*n.ham
벨 門鈴	bel
창문 窗戶	chang.mun
대문 大門	de*.mun
현관 玄關	hyo*n.gwa
마루 地板	ma.ru
타일 瓷磚	ta.il
벽지 壁紙	byo*k.jji

벽 墙壁	byo*k

천장 天花板	cho*n.jang

가구 家具	ga.gu

■ 日常用品篇

● 文具用品類

공책 筆記本	gong.che*k
메모지 便條紙	me.mo.ji
계산기 計算器	gye.san.gi
노트 筆記本	no.teu
만년필 鋼筆	man.nyo*n.pil
필통 鉛筆盒	pil.tong
명함철 名片簿	myo*ng.ham.cho*l
수정액 修正液	su.jo*ng.e*k
각도기 量角器	gak.do.gi
삼각자 三角尺	sam.gak.jja

파일 文件夾	pa.il
압정 圖釘	ap.jjo*ng
자석 磁鐵	ja.so*k
연필 鉛筆	yo*n.pil
일기장 日記本	il.gi.jang
연필깎이 削鉛筆機	yo*n.pil.ga.gi
클립 迴紋針	keul.lip
호치키스 釘書機	ho.chi.ki.seu
호치키스바늘 釘書針	ho.chi.ki.seu.ba.neul
책받침 墊板	che*k.bat.chim
서류철 資料夾	so*.ryu.cho*l
파일철 文件夾	pa.il.cho*l

2
日常生活

문방구 文具	mun.bang.gu

● 美術用品類

접착제 黏著劑	jo*p.chak.jje
종이 紙	jong.i
잉크 墨水	ing.keu
수채화 물감 水彩顏料	su.che*.hwa/mul.gam
자 尺子	ja
스카치 테이프 透明膠帶	seu.ka.chi/te.i.peu
볼펜 圓珠筆	bol.pen
색종이 色紙	se*k.jjong.i
가위 剪刀	ga.wi
붓 毛筆	but

벼루 硯台	byo*.ru
본드 強力膠	bon.deu
풀 膠水	pul
도화지 圖畫紙	do.hwa.ji
선지 宣紙	so*n.ji
크레파스 蠟筆	keu.re.pa.seu
싸인펜 彩色筆	ssa.in.pen
샤프펜슬 自動鉛筆	sya.peu.pen.seul
색연필 色鉛筆	se*ng.nyo*n.pil
마커 麥克筆	ma.ko*
커터 美工刀	ko*.to*
양면테이프 雙面膠	yang.myo*n/te.i.peu

방수 테이프 防水膠帶	bang.su/te.i.peu
포장종이 包裝紙	po.jang.jong.i
순간접착제 三秒膠	sun.gan.jo*p.chak.jje
현광펜 螢光筆	hyo*n.gwang.pen
샤프심 筆芯	sya.peu.sim
보드마카 麥克筆	bo.deu.ma.ka
샤프펜 自動鉛筆	sya.peu.pen
철자 鐵尺	cho*l.ja
곡자 直角尺	gop.jja
컴퍼스 圓規	ko*m.po*.seu
지우개 橡皮擦	ji.u.ge*

● 其他用品類

도장 印章	do.jang
인주 印泥	in.ju
타이머 計時器	ta.i.mo*
고무 밴드 橡皮筋	go.mu/be*n.deu
전화 번호부 電話簿	jo*n.hwa/bo*n.ho.bu
연하장 賀年卡	yo*n.ha.jang
명함 名片	myo*ng.ham
수첩 手冊	su.cho*p
이름패 名牌	i.reum.pe*
엽서 明信片	yo*p.sso*
수판 算盤	su.pan

2
日常生活

망원경 望遠鏡	mang.won.gyo*ng
달력 月曆	dal.lyo*k
사전 字典	sa.jo*n
전자사전 電子辭典	jo*n.ja.sa.jo*n
책갈피 書籤	che*k.gal.pi
빗 梳子	bit
열쇠 鑰匙	yo*l.swe
상자 箱子	sang.ja
거울 鏡子	go*.ul
자명종 鬧鐘	ja.myo*ng.jong
저금통 存錢筒	jo*.geum.tong
화이트보드 白板	hwa.i.teu.bo.deu

스티커   seu.ti.ko*
貼紙

● 家電類

텔레비전   tel.le.bi.jo*n
電視機

리모콘   ri.mo.kon
遙控器

비디오플레이어   bi.di.o.peul.le.i.o*
錄放影機

비디오데이프   bi.di.o.te.i.peu
錄影帶

VCD 플레이어   vcd.peul.le.i.o*
光碟機

음향   eum.hyang
音響

컴퓨터   ko*m.pyu.to*
電腦

전화기   jo*n.hwa.gi
電話

전기밥통   jo*n.gi.bap.tong
電飯鍋

전자 레인지   jo*n.ja/re.in.ji
微波爐

인덕션 레인지 電磁爐	in.do*k.ssyo*n/re.in.ji
가스레인지 瓦斯爐	ga.seu.re.in.ji
오디오 音響	o.di.o
에어컨 冷氣	e.o*.ko*n
선풍기 電扇	so*n.pung.gi
식기세척기 洗碗機	sik.gi.se.cho*k.gi
세탁기 洗衣機	se.tak.gi
비디오 錄影機	bi.di.o
전기보일러 電熱水器	jo*n.gi.bo.il.lo*
디브이디기 DVD 機	di.beu.i.di.gi
드라이기 吹風機	deu.ra.i.gi
다라미 熨斗	da.ra.mi

냉장고 電冰箱	ne*ng.jang.go
난로 暖爐	nal.lo
워크맨 隨身聽	wo.keu.me*n
라디오 收音機	ra.di.o
녹음기 錄音機	no.geum.gi
카세트 錄音帶	ka.se.teu
스피커 喇叭	seu.pi.ko*
이어폰 耳機	i.o*.pon
마이크 麥克風	ma.i.keu
카메라 相機	ka.me.ra
모니터 顯示器	mo.ni.to*
핸드폰 手機	he*n.deu.pon

2
日常生活

노트북 筆電	no.teu.buk
청소기 吸塵器	cho*ng.so.gi
가습기 加濕機	ga.seup.gi
제습기 除濕機	je.seup.gi
생수기 飲水機	se*ng.su.gi
입식 선풍기 立扇	ip.ssik.sso*n.pung.gi
천정 선풍기 吊扇	cho*n.jo*ng/so*n.pung.gi
재봉틀 裁縫機	je*.bong.teul
모타 馬達	mo.ta
전등 電燈	jo*n.deung
스텐드 臺燈	seu.ten.deu
펜던트 등 吊燈	pen.do*n.teu/deung

건조기 烘乾機	go*n.jo.gi
탈수기 脫水機	tal.ssu.gi

● 電器相關類

사용 설명서 使用説明書	sa.yong/so*l.myo*ng.so*
품질 보증서 品質保證書	pum.jil/bo.jeung.so*
보증기한 保固期限	bo.jeung.gi.han
조작설명 操作説明	jo.jak.sso*l.myo*ng
사용 방법 使用方法	sa.yong/bang.bo*p
음향효과 音效	eum.hyang.hyo.gwa
컬러 彩色	ko*l.lo*
흑백 黑白	heuk.be*k
기능 功能	gi.neung

채널 頻道	che*.no*l
소리 聲音	so.ri
사이즈 尺寸	sa.i.jeu
색의 밝기 色彩的亮度	se*.gui/bal.gi
배터리 電池	be*.to*.ri
스위치 （電器）開關	seu.wi.chi
버튼 按鈕	bo*.teun
영상 影像	yo*ng.sang
화질 畫質	hwa.jil
플러그 插頭	peul.lo*.geu
소케트 （電源）插座	so.ke.teu
전선 電線	jo*n.so*n

전압 電壓	jo*.nap
볼트 伏特	bol.teu

● 家具類

책장 書櫃	che*k.jjang
의자 椅子	ui.ja
찻상 茶桌	chat.ssang
장식장 裝飾櫃	jang.sik.jjang
욕조 浴缸	yok.jjo
옷장 衣櫃	ot.jjang
어항 魚缸	o*.hang
싱크대 洗滌槽	sing.keu.de*
신발장 鞋櫃	sin.bal.jjang

식탁 餐桌	sik.tak
소파 沙發	so.pa
벽시계 壁鐘	byo*k.ssi.gye
미싱기 縫衣機	mi.sing.gi
서랍 抽屜	so*.rap
침대 床	chim.de*
화장대 梳妝台	hwa.jang.da
책상 書桌	che*k.ssang
흔들의자 搖椅	heun.deu.rui.ja
컴퓨터 데스크 電腦桌	ko*m.pyu.to*/de.seu.keu
코타츠 暖桌	ko.ta.cheu
접의자 折疊椅	jo*.bui.ja

장의자	jang.ui.ja
長椅子	

스툴의자	seu.tu.rui.ja
無靠背的椅子	

■ 廚房餐具篇

● 筷子／湯匙／叉子／餐刀

숟가락 湯匙	sut.ga.rak
국자 大湯匙	guk.jja
찻숟가락 茶匙	chat.ssut.ga.rak
젓가락 筷子	jo*t.ga.rak
젓가락 받침 筷架	jo*t.ga.rak/bat.chim
위생젓가락 免洗筷	wi.se*ng.jo*t.ga.rak
식칼 菜刀	sik.kal
과일칼 水果刀	gwa.il.kal
칼날 刀刃	kal.lal
포크 叉子	po.keu

디너나이프 di.no*.na.i.peu
餐刀

● 鍋子類

솥 sot
鍋

프라이팬 peu.ra.i.pe*n
平底鍋

뒤집게 dwi.jip.ge
鍋鏟

냄비 ne*m.bi
鍋子

국솥 guk.ssot
湯鍋

찜솥 jjim.sot
蒸鍋

그릴 geu.ril
燒烤爐

철판 cho*l.pan
鐵板

튀김용 냄비 twi.gi.myong/ne*m.bi
炸鍋

북경냄비 buk.gyo*ng.ne*m.bi
北京鍋

자루냄비
有鍋把的鍋子
ja.ru.ne*m.bi

● 碗盤類

접시
盤子
jo*p.ssi

그릇
器皿
geu.reut

뚜껑
蓋子
du.go*ng

쟁반
托盤
je*ng.ban

작은 주발
小缽
ja.geun/ju.bal

작은 접시
小碟子
ja.geun/jo*p.ssi

● 杯子水壺類

컵
杯子
ko*p

종이컵
紙杯
jong.i/ko*p

커피컵
咖啡杯
ko*.pi.ko*p

유리컵 玻璃杯	yu.ri.ko*p
머그 馬克杯	mo*.geu
와인잔 酒杯	wa.in.jan
보온병 保温瓶	bo.on.byo*ng
맥주잔 啤酒杯	me*k.jju.jan
차주전자 茶壺	cha.ju.jo*n.ja
주전자 水壺	ju.jo*n.ja
커피포트 咖啡壺	ko*.pi.po.teu

● 廚房清潔類

비누 肥皂	bi.nu
주방세제 洗碗精	ju.bang.se.je
냅킨 餐巾紙	ne*p.kin

| 행주 | he*ng.ju |
| 抹布 | |

● 廚房器具類

| 병 따개 | byo*ng.da.ge* |
| 開瓶器 | |

| 계란 믹서 | gye.ran/mik.sso* |
| 打蛋器 | |

| 깔대기 | gal.de*.gi |
| 漏斗 | |

| 바가지 | ba.ga.ji |
| 舀子 | |

| 가위 | ga.wi |
| 剪刀 | |

| 수세미 | su.se.mi |
| 菜瓜布 | |

| 쇠수세미 | swe.su.se.mi |
| 鐵刷 | |

| 크린랩 | keu.ril.le*p |
| 保鮮膜 | |

| 빨대 | bal.de* |
| 吸管 | |

| 도마 | do.ma |
| 砧板 | |

이쑤시개 牙籤	i.ssu.si.ge*
식탁 餐桌	sik.tak
플라스틱 바가지 塑膠舀子	peul.la.seu.tik/ba.ga.ji
알루미늄 호일 鋁箔紙	al.lu.mi.nyum/ho.il
종이 봉지 紙袋	jong.i/bong.ji
쓰레기봉투 垃圾袋	sseu.re.gi.bong.tu
식품 보존 상자 保鮮盒	sik.pum/bo.jon/sang.ja
밀방망이 擀麵棍	mil.bang.mang.i

2
日常生活

● 廚房電器用品類

전기밥솥 電飯鍋	jo*n.gi.bap.ssot
쥬서 榨汁機	jyu.so*.gi
오븐 烤箱	o.beun

토스터기 烤麵包機	to.seu.to*.gi
전자레인지 微波爐	jo*n.ja.re.in.ji
냉장고 冰箱	ne*ng.jang.go
가스렌지 瓦斯爐	ga.seu.ren.ji
렌지후드 抽油煙機	ren.ji.hu.deu
믹서기 攪拌機／果汁機	mik.sso*.gi

■ 日常保養篇

● 頭髮保養類

헤어오일 潤髮油	he.o*/o.il
포마드 髮蠟	po.ma.deu
염색제 染髮劑	yo*m.se*k.jje
발모제 生髮劑	bal.mo.jje
모발 영양제 護髮營養劑	mo.bal/yo*ng.yang.je

● 化妝用品類

향수 香水	hyang.su
남성 향수 古龍水	nam.so*ng.hyang.su
파우더 蜜粉	pa.u.do*
화장솜 化妝棉	hwa.jang.som
마스카라 睫毛膏	ma.seu.ka.ra

볼터치 腮紅	bol.to*.chi
아이쉐도우 眼影	a.i.swe.do.u
매니큐어 指甲油	me*.ni.kyu.o*
부러쉬 刷具	bu.ro*.swi
인조눈썹 假睫毛	in.jo.nun.sso*p
립스틱 口紅	rip.sseu.tik
자외선차단제 防曬乳	ja.we.so*n.cha.dan.je
하이라이너 修容粉	ha.i.ra.i.no*
썬크림 防晒乳	sso*n.keu.rim
메이크업베이스 粉底	me.i.keu.o*p.be.i.seu
화운데이션 粉底液	hwa.un.de.i.syo*n
펜슬 컨실러 遮瑕筆	pen.seul/ko*n.sil.lo*

아이 라이너 眼線筆	a.i/ra.i.no*
아이브로우 펜슬 眉筆	a.i.beu.ro.u/pen.seul
눈썹집게 睫毛夾	nun.sso*p.jjip.ge
브러쉬 腮紅刷	beu.ro*.swi
분첩 粉撲	bun.cho*p
립 라이너 唇線筆	rip/ra.i.no*
속눈썹 파마 燙睫毛	song.nun.sso*p/pa.ma
눈썹 칼 修眉刀	nun.sso*p.kal
립클로즈 唇彩	rip.keul.lo.jeu

● 臉部保養類

| 에센스
精華液 | e.sen.seu |
| 보톡스
玻尿酸 | bo.tok.sseu |

| 보습제 | bo.seup.jje |
| 保濕液 | |

| 스킨 | seu.kin |
| 化妝水 | |

| 로션 | ro.syo*n |
| 乳液 | |

| 바디로션 | ba.di.ro.syo*n |
| 身體乳液 | |

| 아이크림 | a.i.keu.rim |
| 眼霜 | |

| 화장품 | hwa.jang.pum |
| 化妝品 | |

| 화장수 | hwa.jang.su |
| 化妝水 | |

| 립 케어 | rip/ke.o* |
| 護唇膏 | |

| 마스크 팩 | ma.seu.keu//pe*k |
| 面膜 | |

| 미백 마스크 | mi.be*k/ma.seu.keu |
| 美白面膜 | |

| 모이스쳐 크림 | mo.i.seu.cho*/keu.rim |
| 保濕霜 | |

| 영양 크림 | yo*ng.yang/keu.rim |
| 營養霜 | |

클린징워터 柔膚水	keul.lin.jing.wo.to*
아스트리젠트 收斂化妝水	a.seu.teu.ri.jen.teu
모공수축효과 팩 收縮毛孔面膜	mo.gong.su.chu.kyo.gwa/ pe*k
핸드크림 護手霜	he*n.deu.keu.rim

● 身體清潔類

각질제거 去角質	gak.jjil.je.go*
바디 크린져 沐浴乳	ba.di/keu.rin.jo*
클린징 오일 卸妝油	keul.lin.jing/o.il
훼이셜 클렌저 洗面乳	hwe.i.syo*l/keul.len.jo*
샴푸 洗髮精	syam.pu
면봉 棉花棒	myo*n.bong
비누 肥皂	bi.nu

면도 칼 刮鬍刀	myo*n.do/kal
면도 로션 刮鬍乳	myo*n.do/ro.syo*n
아세톤 卸指甲液	a.se.ton
이쑤시개 牙籤	i.ssu.si.ge*
양치질약 漱口水	yang.chi.jil/yak
세안제 洗面乳	se.an.je
칫솔 牙刷	chit.ssol
치약 牙膏	chi.yak
귀이개 耳挖	gwi.i.ge*
경석 磨腳石	gyo*ng.so*k
컨디셔너 潤髮乳	ko*n.di.syo*.no*
치실 牙線	chi.sil

타월　　　　　　　　ta.wol
毛巾

■ 日常生活篇

● 日常作息

일어나다
起床
i.ro*.na.da

이불을 개다
疊被子
i.bu.reul/ge*.da

양치질하다
漱口
yang.chi.jil.ha.da

세수하다
洗臉
se.su.ha.da

이를 닦다
刷牙
i.reul/dak.da

머리를 빗다
梳頭
mo*.ri.reul/bit.da

화장하다
化妝
hwa.jang.ha.da

옷을 갈아입다
換衣服
o.seul/ga.ra.ip.da

아침을 먹다
吃早餐
a.chi.meul/mo*k.da

출근하다
上班
chul.geun.ha.da

학교에 다니다　　hak.gyo.e/da.ni.da
上學

점심을 먹다　　jo*m.si.meul/mo*k.da
吃午餐

퇴근하다　　twe.geun.ha.da
下班

집으로 돌아가다　　ji.beu.ro/do.ra.ga.da
回家

샤워하다　　sya.wo.ha.da
洗澡

머리를 감다　　mo*.ri.reul/gam.da
洗頭

옷을 입다　　o.seul/ip.da
穿衣服

저녁을 먹다　　jo*.nyo*.geul/mo*k.da
吃晚餐

텔레비전을 보다　　tel.le.bi.jo*.neul/bo.da
看電視

숙제를 하다　　suk.jje.reul/ha.da
寫作業

책을 보다　　che*.geul/bo.da
看書

공부하다　　gong.bu.ha.da
讀書

2
日常生活

잠을 자다　　ja.meul/jja.da
睡覺

시장을 보다　　si.jang.eul/bo.da
買菜／購物

운동하다　　un.dong.ha.da
運動

● 家事

빨래 하다　　bal.le*.ha.da
洗衣服

옷을 다리다　　o.seul/da.ri.da
燙衣服

옷을 개다　　o.seul/ge*.da
疊衣服

설거지하다　　so*l.go*.ji.ha.da
洗碗

마루를 닦다　　ma.ru.reul/dak.da
擦地板

청소하다　　cho*ng.so.ha.da
打掃

정리하다　　jo*ng.ni.ha.da
整理

빨래 대　　bal.le*.de*
曬衣架

방을 치우다 收拾房間	bang.eul/chi.u.da
책상을 닦다 擦桌子	che*k.ssang.eul/dak.da
쓰레기를 버리다 丟垃圾	sseu.re.gi.reul/bo*.ri.da
책상을 치우다 收拾桌子	che*k.ssang.eul/chi.u.da
서랍을 정리하다 整理抽屜	so*.ra.beul/jjo*ng.ni.ha.da

2 日常生活

● 家事用品

다리미 熨斗	da.ri.mi
앞치마 圍裙	ap.chi.ma
마스크 口罩	ma.seu.keu
빗자루 掃把	bit.jja.ru
털이개 雞毛撢子	to*.ri.ge*
자루걸레 拖把	ja.ru.go*l.le

걸레 抹布	go*l.le
세탁세제 洗衣粉	se.tak.sse.je
욕실 세정제 浴室清潔劑	yok.ssil/se.jo*ng.je
주방세제 洗碗精	ju.bang.se.je

● 做料理

비비다 涼拌	bi.bi.da
끓이다 熬煮	geu.ri.da
절이다 腌	jo*.ri.da
삶다 煮	sam.da
볶다 炒	bok.da
튀기다 炸	twi.gi.da
지지다 煎	ji.ji.da

굽다 烤	gup.da
찌다 蒸	jji.da
밥을 짓다 煮飯	ba.beul/jjit.da
채소를 씻다 洗菜	che*.so.reul/ssit.da
배추를 썰다 切白菜	be*.chu.reul/sso*l.da

2 日常生活

● 吃飯相關

식당 餐廳	sik.dang
메뉴 菜單	me.nyu
맛있다 好吃	ma.sit.da
맛없다 不好吃	ma.do*p.da
맵다 辣	me*p.da
짜다 鹹	jja.da

시다 酸	si.da
달다 甜	dal.da
쓰다 苦	sseu.da
싱겁다 味道淡	sing.go*p.da
시키다 點菜	si.ki.da
후식 飯後甜點	hu.sik
김치 泡菜	gim.chi
반찬 菜	ban.chan
먹다 吃	mo*k.da
마시다 喝	ma.si.da
배고프다 餓	be*.go.peu.da
배부르다 飽	be*.bu.reu.da

주문하다 點菜	ju.mun.ha.da
디저트 甜點	di.jo*.teu

● 韓國街頭小吃

떡볶기 辣炒年糕	bo*n.de*.gi
찐빵 蒸包子	jjin.bang
김밥 飯捲	gim.bap
우동 烏龍麵	u.dong
부침개 煎餅	bu.chim.ge*
순대 黑大腸	sun.de*
오뎅 甜不辣	o.deng
튀김 油炸類	twi.gim
붕어빵 鯛魚燒	bung.o*.bang

| 계란빵 | gye.ran.bang |
| 雞蛋糕 | |

| 호떡 | ho.do*k |
| 糖餅 | |

| 쥐포 | jwi.po |
| 烤魷魚 | |

| 와플 | wa.peul |
| 鬆餅 | |

| 닭꼬치 | dak.go.chi |
| 雞肉串 | |

| 왕만두 | wang.man.du |
| 大水餃／包子 | |

| 라면 | ra.myo*n |
| 泡麵 | |

| 군고구마 | gun.go.gu.ma |
| 烤地瓜 | |

| 양꼬치구이 | yang.go.chi.gu.i |
| 烤羊肉串 | |

| 군밤 | gun.bam |
| 糖炒栗子 | |

● 電話

| 전화 | jo*n.hwa |
| 電話 | |

휴대전화 手機	hyu.de*.jo*n.hwa
휴대폰 手機	hyu.de*.pon
핸드폰 手機	he*n.deu.pon
무선전화기 無線電話	mu.so*n.jo*n.hwa.gi
유선전화기 有線電話	mu.so*n.jo*n.hwa.gi
응답기 答錄機	eung.dap.gi
구내전화 分機	gu.ne*.jo*n.hwa
수화기 聽筒	su.hwa.gi
전화빈호 電話號碼	jo*n.hwa.bo*n.ho
전화를 걸다 打電話	jo*n.hwa.reul/go*l.da
통화를 끊다 掛電話	tong.hwa.reul/geun.ta
통화하다 通話	tong.hwa.ha.da

부재 중 不在	bu.je*/jung
통화 중 通話中	tong.hwa/jung
자리에 있다 （人）在	ja.ri.e/it.da
자리에 없다 （人）不在	ja.ri.e/o*p.da
전해 드리다 轉告	jo*n.he*/deu.ri.da
메모를 남기다 留言	me.mo.reul/nam.gi.da
전화박스 電話亭	jo*n.hwa.bak.sseu

● 電腦

컴퓨터 電腦	ko*m.pyu.to*
노트북 筆記本電腦	no.teu.buk
모뎀 數據機	mo.dem
모니터 螢幕	mo.ni.to*

마우스 滑鼠	ma.u.seu
키보드 鍵盤	ki.bo.deu
마우스 패드 滑鼠墊	ma.u.seu/pe*.deu
서버 服務器	so*.bo*
컴퓨터 바이러스 電腦病毒	ko*m.pyu.to*/ba.i.ro*.seu
다운되다 （電腦）當機	da.un.dwe.da
하드웨어 電腦硬體	ha.deu.we.o*
소프트웨어 電腦軟體	so.peu.teu.we.o*
컴퓨터 프로그램 電腦程式	ko*m.pyu.to*/peu.ro.geu.re*m
인터넷 網路	in.to*.net
컴퓨터 게임 電腦遊戲	ko*m.pyu.to*/ge.im
인터넷에 접속하다 上網	in.to*.ne.se/jo*p.sso.ka.da

초고속 인터넷 高速網路	cho.go.sok/in.to*.net
사이트 網站	sa.i.teu
클릭하다 點擊（滑鼠）	keul.li.ka.da
더블 클릭하다 點擊兩下（滑鼠）	do*.beul/keul.li.ka.da
프린트하다 影印	peu.rin.teu.ha.da
에프터 서비스 售後服務	e.peu.to*/so*.bi.seu

● 超市

쇼핑 카트 手推車	syo.ping/ka.teu
장바구니 購物袋	jang.ba.gu.ni
보증 기한 保證期限	bo.jeung/gi.han
제조 날짜 制造日期	je.jo/nal.jja
유효 기간 有效期限	yu.hyo/gi.gan

보존 기간 保存期限	bo.jon/gi.gan
진열장 展示櫥窗	ji.nyo*l.jang
시식하다 試吃	si.si.ka.da
매진 售完	me*.jin
중량 重量	jung.nyang
그램 克	geu.re*m
킬로그램 斤	kil.lo.geu.re*m
포장 包裝	po.jang
포장지 包裝紙	po.jang.ji
신선고기류 新鮮肉類	sin.so*n.go.gi.ryu
청과류 蔬果類	cho*ng.gwa.ryu
일용품 日用品	i.ryong.pum

식품 食品	sik.pum
조미료 調味料	jo.mi.ryo
냉동식품 冷凍食品	ne*ng.dong.sik.pum
탈의실 更衣室	ta.rui.sil
디스카운트 打折	di.seu.ka.un.teu
무료 免費	mu.ryo
다스 打	da.seu
상자 箱子	sang.ja
썩다 腐壞	sso*k.da
중량을 달다 秤重	jung.nyang.eul/dal.da
경품 贈品	gyo*ng.pum
스크래치 카드 刮刮卡	seu.keu.re*.chi/ka.deu

출납원 收銀員	chul.la.bwon
슈퍼마켓 超市	syu.po*.ma.ket
영수증 收據	yo*ng.su.jeung
비닐 봉지 塑膠袋	bi.nil/bong.ji
종이 봉지 紙袋	jong.i/bong.ji
배상하다 賠償	be*.sang.ha.da

● 郵局類

우체국 郵局	u.che.guk
우체통 郵筒	u.che.tong
우체부 郵差	u.che.bu
운송하다 運送	un.song.ha.da
우편 郵件	u.pyo*n

| 우편료 | u.pyo*l.lyo |
| 郵資 | |

| 편지 | pyo*n.ji |
| 信件 | |

| 봉투 | bong.tu |
| 信封 | |

| 우표 | u.pyo |
| 郵票 | |

| 소포 | so.po |
| 包裹 | |

| 내용물 | ne*.yong.mul |
| 內容物 | |

| 등기우편 | deung.gi.u.pyo*n |
| 掛號郵件 | |

| 보통우편 | bo.tong.u.pyo*n |
| 普通郵件 | |

| 서적우편 | so*.jo*.gu.pyo*n |
| 書籍郵件 | |

| 우편함 | u.pyo*n.ham |
| 郵箱 | |

| 항공우편 | hang.gong.u.pyo*n |
| 航空郵件 | |

| 빠른 우편 | ba.reun/u.pyo*n |
| 快遞 | |

규격 봉투 標準信封	gyu.gyo*k/bong.tu
부치다 寄送（郵件）	bu.chi.da
보내다 寄送（郵件）	bo.ne*.da
우편번호 郵政編號	u.pyo*n.bo*n.ho
택배 宅配	te*k.be*
사서함 郵箱	sa.so*.ham
선박 우편 船郵	so*n.bak/u.pyo*n
속달우편 郵政快遞	sok.da.ru.pyo*n
연하장 賀年卡	yo*n.ha.jang
엽서 明信片	yo*p.sso*
엽서를 띄우다 寄明信片	yo*p.sso*.reul/di.u.da
전보 電報	jo*n.bo

2
日常生活

크리스마스 카드 聖誕賀卡	keu.ri.seu.ma.seu/ka.deu
편지를 뜯다 拆信	pyo*n.ji.reul/deut.da
생일 카드 生日賀卡	se*ng.il/ka.deu

● 銀行類

은행 銀行	eun.he*ng
현금인출기 提款機	hyo*n.geu.min.chul.gi
은행원 銀行職員	eun.he*ng.won
안내대스크 服務臺	an.ne*.de*.seu.keu
카운터 櫃臺	ka.un.to*
계좌 帳戶	gye.jwa
이자지불 支付利息	i.ja.ji.bul
입금 存錢	ip.geum

출금 付款	chul.geum
납부 繳納	nap.bu
납부금 應付金額	nap.bu.geum
이체 轉賬	i.che
대출 借貸	de*.chul
저당 抵押	jo*.dang
저당 증권 抵押證券	jo*.dang/jeung.gwon
이자 利息	i.ja
정기에금 定期存款	jo*ng.gi.ye.geum
외환 外匯	we.hwan
한화 韓幣	han.hwa
대만달러 新台幣	de*.man.dal.lo*

엔화 日幣	en.hwa
달러 美元	dal.lo*
환율 匯率	hwa.nyul
환율 변동 匯率波動	hwa.nyul/byo*n.dong
수수료 手續費	su.su.ryo
여권 護照	yo*.gwon
주민등록증 住民登記證	ju.min.deung.nok.jjeung
인감 印鑑	in.gam
운전면허증 駕駛執照	un.jo*n.myo*n.ho*.jeung
통장 存折	tong.jang
신용카드 信用卡	si.nyong.ka.deu
현금카드 現金卡	hyo*n.geum.ka.deu

환어음 匯票	hwa.no*.eum
수표 支票	su.pyo
돈을 지불하다 付錢	do.neul/jji.bul.ha.da
돈을 찾다 領錢	do.neul/chat.da
어음 票據	o*.eum
새 지폐 新鈔	se*/ji.pye
헌 지폐 舊鈔	ho*n/ji.pye
동전 硬幣	dong.jo*n
액면가 面額	e*ng.myo*n.ga
발권하다 發行	bal.gwon.ha.da
발권 은행 發行債劵銀行	bal.gwon/eun.he*ng

● 商店建築類

주택지역	ju.te*k.jji.yo*k
住宅區	

아파트	a.pa.teu
公寓	

옷가게	ot/ga.ge
服飾店	

PC 방	pi.si.bang
網咖	

유명메이커점	yu.myo*ng/me.i.ko*.jo*m
知名品牌店	

초등학교	cho.deung.hak.gyo
小學	

중학교	jung.hak.gyo
國中	

고등학교	go.deung.hak.gyo
高中	

대학교	de*.hak.gyo
大學	

구두점	gu.du.jo*m
皮鞋店	

보석점	bo.so*k.jjo*m
珠寶店	

시계점 鐘錶店	si.gye.jo*m
안경집 眼鏡行	an.gyo*ng.jip
과일가게 水果店	gwa.il.ga.ge
만화방 漫畫店	man.hwa.bang
문방구 文具店	mun.bang.gu
서점 書店	so*.jo*m
교보문고 教保文庫	gyo.bo.mun.go
한약방 中藥房	ha.nyak.bang
백화점 百貨公司	be*.kwa.jo*m
사무실빌딩 辦公大樓	sa.mu.sil.bil.ding
빌딩 大廈	bil.ding
공항 機場	gong.hang

부두 碼頭	bu.du
도서관 圖書館	do.so*.gwan
농구장 籃球場	nong.gu.jang
축구장 足球場	chuk.gu.jang
극장 戲院	geuk.jjang
노래방 KTV	no.re*.bang
경찰서 警察局	gyo*ng.chal.sso*
약국 藥局	yak.guk
우체국 郵局	u.che.guk
전화박스 電話亭	jo*n.hwa.bak.sseu
병원 醫院	byo*ng.won
기차역 火車站	gi.cha.yo*k

꽃집 花店	got.jjip
커피숍 咖啡廳	ko*.pi.syop
술집 酒吧	sul.jip
헬스클럽 健身房	hel.seu.keul.lo*p
목욕탕 澡堂	mo.gyok.tang
수영장 游泳池	su.yo*ng.jang
레스토랑 西餐廳	re.seu.to.rang
식당 餐廳	sik.dang
패스드푸드점 速食餐館	pe*.seu.teu.pu.deu.jo*m
분식점 麵店	bun.sik.jjo*m
노점 路邊攤	no.jo*m
시장 市場	si.jang

2

日常生活

지하도 地下道	ji.ha.do
명동 明洞	myo*ng.dong
남대문시장 南大門市場	nam.de*.mun.si.jang
동대문시장 東大門市場	dong.de*.mun.si.jang
육교 天橋	yuk.gyo
버스정류장 客運站	bo*.seu.jo*ng.nyu.jang
상점간판 商店招牌	sang.jo*m/gan.pan
운동장 運動場	un.dong.jang
은행 銀行	eun.he*ng
지하철역 地鐵站	ji.ha.cho*.ryo*k
유치원 幼稚園	yu.chi.won
캠퍼스 校園	ke*m.po*.seu

오피스 辦公室	o.pi.seu

● 職業類

회계사 會計師	hwe.gye.sa
가정주부 家庭主婦	ga.jo*ng.ju.bu
변호사 律師	byo*n.ho.sa
강사 講師	gang.sa
법관 法官	bo*p.gwan
갱부 礦工	ge*ng.bu
검찰관 檢察官	go*m.chal.gwan
검사 檢察官	go*m.sa
경찰 警察	gyo*ng.chal
검시관 驗屍官	go*m.si.gwan

교통경찰 交通警察	gyo.tong.gyo*ng.chal
사업가 商人	sa.o*p.ga
소방대원 消防隊員	so.bang.de*.won
사장 社長	sa.jang
군인 軍人	gu.nin
선생님 老師	so*n.se*ng.nim
학생 學生	hak.sse*ng
의사 醫生	ui.sa
수의사 獸醫	su.ui.sa
성우 配音員	so*ng.u
스님 和尚	seu.nim
스튜어디스 空姐	seu.tyu.o*.di.seu

| 아나운서 | a.na.un.so* |
| 播音員 | |

| 연구원 | yo*n.gu.won |
| 研究員 | |

| 영양사 | yo*ng.yang.sa |
| 營養師 | |

| 외교관 | we.gyo.gwan |
| 外交官 | |

| 공무원 | gong.mu.won |
| 公務員 | |

| 은행원 | eun.he*ng.won |
| 銀行員 | |

| 자유업가 | ja.yu.o*p.ga |
| 自由業者 | |

| 점원 | jo*.mwon |
| 店員 | |

| 정지가 | jo*ng.chi.ga |
| 政治家 | |

| 조종사 | jo.jong.sa |
| 駕駛員 | |

| 청소부 | cho*ng.so.bu |
| 清掃工人 | |

| 코치 | ko.chi |
| 教練 | |

탐정 偵探	tam.jo*ng
탤런트 電視演員	te*l.lo*n.teu
판사 法官	pan.sa
프로듀서 製作人	peu.ro.dyu.so*
학자 學者	hak.jja
회사원 公司職員	hwe.sa.won
간호사 護士	gan.ho.sa
약사 藥劑師	yak.ssa
우체부 郵差	u.che.bu
기자 記者	gi.ja
화가 畫家	hwa.ga
작가 作家	jak.ga

요리사 廚師	yo.ri.sa
주방장 廚房長	ju.bang.jang
셰프 主廚	sye.peu
종업원 工作人員	jong.o*.bwon
세일즈맨 推銷員	se.il.jeu.me*n
엔지니어 工程師	en.ji.ni.o*
건축사 建築師	go*n.chuk.ssa
노동자 工人	no.dong.ja
농부 農民	nong.bu
어부 漁民	o*.bu
모델 模特爾	mo.del
디자이너 設計師	di.ja.i.no*

| 이발사 | i.bal.ssa |
| 理髮師 | |

| 비서 | bi.so* |
| 秘書 | |

■ 時間方向概念篇

● 時間類

어제 昨天	o*.je
오늘 今天	o.neul
내일 明天	ne*.il
그제 前天	geu.je
모레 後天	mo.re
새벽 凌晨	se*.byo*k
아침 早晨	a.chim
정오 中午	jo*ng.o
오전 上午	o.jo*n
오후 下午	o.hu

저녁 傍晚	jo*.nyo*k
밤 晚上	bam
야간 夜間	ya.gan
요즘 最近	yo.jeum
요새 最近	yo.se*
예전 從前	ye.jo*n
하루종일 一整天	ha.ru.jong.il
매일 每天	me*.il

● 季節類

봄 春天	bom
여름 夏天	yo*.reum
가을 秋天	ga.eul

겨울 冬天	gyo*.ul

● 年月日類

년 年	nyo*n
월 月	wol
일 日	il
요일 星期	yo.il
일월 一月	i.rwol
이월 二月	i.wol
삼월 三月	sa.mwol
사월 四月	sa.wol
오월 五月	o.wol
유월 六月	yu.wol

칠월 七月	chi.rwol
팔월 八月	pa.rwol
구월 九月	gu.wol
시월 十月	si.wol
십일월 十一月	si.bi.rwol
십이월 十二月	si.bi.wol

● 星期類

월요일 星期一	wo.ryo.il
화요일 星期二	hwa.yo.il
수요일 星期三	su.yo.il
목요일 星期四	mo.gyo.il
금요일 星期五	geu.myo.il

토요일 星期六	to.yo.il
일요일 星期日	i.ryo.il

● 時間

한시 一點	han.si
두시 兩點	du.si
세시 三點	se.si
네시 四點	ne.si
다섯시 五點	da.so*t.ssi
여섯시 六點	yo*.so*t.ssi
일곱시 七點	il.gop.ssi
여덟시 八點	yo*.so*t.ssi
아홉시 九點	a.hop.ssi

열시 十點	yo*l.si
열한시 十一點	yo*l.han.si
다섯시반 五點半	da.so*t.ssi.ban

● 方向類

방향 方向	bang.hyang
근처 附近	geun.cho*
위치 位置	wi.chi
이리 這邊	i.ri
저리 那邊	jo*.ri
여기 這裡	yo*.gi
거기 那裡（近稱）	go*.gi
저기 那裡（遠稱）	jo*.gi

북 北	buk
남 南	nam
동 東	dong
서 西	so*
위 上	wi
아래 下	a.re*
왼쪽 左	wen.jjok
오른쪽 右	o.reun.jjok
옆 旁邊	yo*p
앞 前	ap
뒤 後	dwi
안 內	an

밖 外	bak
이쪽 這邊	i.jjok
저쪽 那邊	jo*.jjok
중간 中間	jung.gan

■ 校園篇

● 教室用品類

교실 教室	gyo.sil
칠판 黑板	chil.pan
백판 白板	be*k.pan
칠판 지우개 板擦	chil.pan/ji.u.ge*
분필 粉筆	bun.pil
강단 講臺	gang.dan
탁자 桌子	tak.jja
의자 椅子	ui.ja
교과서 課本	gyo.gwa.so*
공책 筆記本	gong.che*k

시험지	si.ho*m.ji
考卷	

● 教職人員／幹部類

교사	gyo.sa
教師	

교장	gyo.jang
校長	

총장	chong.jang
大學校長	

교수	gyo.su
教授	

조교	jo.gyo
助教	

강사	gang.sa
講師	

선생님	so*n.se*ng.nim
老師	

동창	dong.chang
同學	

학생	hak.sse*ng
學生	

반장	ban.jang
班長	

부반장 副班長	bu.ban.jang
간부 幹部	gan.bu
학생증 學生證	hak.sse*ng.jeung
규찰대 糾察隊	gyu.chal.de*

● 學科類

학과 科系	hak.gwa
전공 主修	jo*n.gong
국어 國語	gu.go*
수학 數學	su.hak
영어 英語	yo*ng.o*
역사 歷史	yo*k.ssa
지리 地理	ji.ri

2
日常生活

물리 物理	mul.li
화학 化學	hwa.hak
사회 社會	sa.hwe
자연 自然	ja.yo*n
미술 美術	mi.sul
음악 音樂	eu.mak
체육 體育	che.yuk
컴퓨터 電腦	ko*m.pyu.to*
정치학 政治學	jo*ng.chi.hak
경제학 經濟學	gyo*ng.je.hak
철학 哲學	cho*l.hak
생물학 生物學	se*ng.mul.hak

천문학 天文學	cho*n.mun.hak
심리학 心理學	sim.ni.hak
사회학 社會學	sa.hwe.hak
유전공학 遺傳學	yu.jo*n.gong.hak
미생물학 微生物學	mi.se*ng.mul.hak
건축공학 建築工學	go*n.chuk.gong.hak
예술 藝術	ye.sul

● 學校分類

유치원 幼兒園	yu.chi.won
초등학교 小學	cho.deung.hak.gyo
중학교 國中	jung.hak.gyo
고등학교 高中	go.deung.hak.gyo

• track 165

대학교 大學	de*.hak.gyo
대학원 研究所	de*.ha.gwon
전문대학 專科大學	jo*n.mun.de*.hak
교육대학 教育大學	gyo.yuk.de*.hak

● 教育程度類

초졸 小學畢業	cho.jol
중졸 國中畢業	jung.jol
고졸 高中畢業	go.jol
대졸 大學畢業	de*.jol
학사 學士	hak.ssa
석사 碩士	so*k.ssa
박사 博士	bak.ssa

● 校舍／設備類

총장실 校長室	chong.jang.sil
교사실 教師室	gyo.sa.sil
지도실 輔導室	ji.do.sil
양호실 保健室	yang.ho.sil
컴퓨터교실 電腦教室	ko*m.pyu.to*.gyo.sil
기숙사 宿舍	gi.suk.ssa
실험실 實驗室	sil.ho*m.sil
대강당 大禮堂	de*.gang.dang
도서관 圖書館	do.so*.gwan
도서대여구역 借書區	do.so*.de*.yo*.gu.yo*k
시청각교실 視聽教室	si.cho*ng.gak.gyo.sil

● 考試

시험 考試	si.ho*m
중간 고사 期中考試	jung.gan/go.sa
기말 고사 期末考試	gi.mal/ssi.ho*m
커닝 考試作弊	ko*.ning
합격 及格	hap.gyo*k
불합격 不及格	bul.hap.gyo*k
추가시험 補考	chu.ga/si.ho*m
진급 시험 升班考試	jin.geup/si.ho*m
밤새우다 熬夜	bam.se*.u.da
모의 시험 模擬考試	mo.ui/si.ho*m
토플 托福	to.peul

● 讀書學習

| 수업을 받다 | su.o*.beul/bat.da |
| 聽課 | |

| 휴강 | hyu.gang |
| 停課 | |

| 우수 | u.su |
| 優秀 | |

| 자습 시간 | ja.seup/si.gan |
| 自習時間 | |

| 과정 | gwa.jo*ng |
| 課程 | |

| 유학 | yu.hak |
| 留學 | |

| 보습 | bo.seup |
| 補課 | |

| 대강 | de*.gang |
| 代課 | |

| 연습하다 | yo*n.seu.pa.da |
| 練習 | |

| 예습하다 | ye.seu.pa.da |
| 預習 | |

| 복습하다 | bok.sseu.pa.da |
| 複習 | |

질문하다 提問	jil.mun.ha.da
대답하다 回答	de*.da.pa.da
강의하다 講課	gang.ui.ha.da
가정 교사 家教	ga.jo*ng/gyo.sa
공부하다 學習	gong.bu.ha.da
자습 시간 自習時間	ja.seup/si.gan
수업 시간 上課時間	su.o*p/si.gan
숙제 作業	suk.jje

● 畢業 · 升學

중퇴 輟學	jung.twe
교칙 校規	gyo.chik
학비 學費	hak.bi

학점 學分	hak.jjo*m
유급 留級	yu.geup
월반 跳級	wol.ban
입학 入學	i.pak
졸업 畢業	jo.ro*p

● 校園其他

국기 게양식 升旗典禮	guk.gi/ge.yang.sik
쉬는 시간 休息時間	swi.neun/si.gan
점심 휴식시간 午休時間	jo*m.sim/hyu.sik.ssi.gan
하학 시간 下課時間	ha.hak/si.gan
하학 종소리 下課鐘聲	ha.hak/jong.so.ri
여름방학 暑假	yo*.reum.bang.hak

겨울방학 寒假	gyo*.ul.bang.hak
웅변대회 演講比賽	ung.byo*n.de*.hwe
운동회 運動會	un.dong.hwe
서클 社團	so*.keul
연극 동아리 戲劇社	yo*n.geuk/dong.a.ri
시합 比賽	si.hap
도서대출증 借書證	do.so*.de*.chul.jeung
대여하다 外借	de*.yo*.ha.da
반환하다 歸還	ban.hwan.ha.da

■ 公司篇

● 找工作

일자리를 찾다 找工作	il.ja.ri.reul/chat.da
취직하다 就職	chwi.ji.ka.da
응모하다 應聘	eung.mo.ha.da
면접 시험 面試	myo*n.jo*p/si.ho*m
이력서 履歷書	i.ryo*k.sso*
근무처 工作單位	geun.mu.cho*
근무 시간 工作時間	geun.mu/si.gan
아르바이트 打工	a.reu.ba.i.teu
시간제 근무자 時薪工	si.gan.je/geun.mu.ja
일근 白班	il.geun

| 야근 | ya.geun |
| 夜班 | |

● 公司各部門

| 본사 | bon.sa |
| 總公司 | |

| 자회사 | ja.hwe.sa |
| 子公司 | |

| 모회사 | mo.hwe.sa |
| 母公司 | |

| 지사 | ji.sa |
| 分公司 | |

| 업무부 | o*m.mu.bu |
| 業務部 | |

| 기획부 | gi.hwek.bu |
| 企劃部 | |

| 회계부 | hwe.gye.bu |
| 會計部 | |

| 판매부 | pan.me*.bu |
| 銷售部 | |

| 홍보부 | hong.bo.bu |
| 宣傳部 | |

| 인사부 | in.sa.bu |
| 人事部 | |

사무부 事務部	sa.mu.bu
기술부 技術部	gi.sul.bu
서무부 庶務部	so*.mu.bu
개발부 開發部	ge*.bal.bu
예산부 預算部	ye.san.bu
연구부 研究部	yo*n.gu.bu
총무부 總務部	chong.mu.bu
공장 工廠	gong.jang
창고 倉庫	chang.go
판매점 販賣店	pan.me*.jo*m
지점 分店	ji.jo*m

● 勤務

출근하다 上班	chul.geun.ha.da
퇴근하다 下班	twe.geun.ha.da
방문하다 訪問／拜訪	bang.mun.ha.da
근무하다 上班／工作	geun.mu.ha.da
휴게 시간 休息時間	hyu.ge/si.gan
영업 시간 營業時間	yo*ng.o*p/si.gan
출장 出差	chul.jang
출장비 出差費	chul.jang.bi
회의 중 會議中	hwe.ui/jung
통화 중 通話中	tong.hwa/jung
보고서 報告書	bo.go.so*

계획서 計劃書	gye.hwek.sso*
보고하다 報告	bo.go.ha.da
상황보고 市況報告	sang.hwang.bo.go
매매하다 買賣	me*.me*.ha.da
개발무역 開發貿易	ge*.bal.mu.yo*k
개발하다 開發	ge*.bal.ha.da
거래처 往來客戶	go*.re*.cho*
소비자 消費者	so.bi.ja
계약하다 簽約	gye.ya.ka.da
주문하다 定貨	ju.mun.ha.da
잔업 加班	ja.no*p
교체 交接	gyo.che

교섭하다 交涉	gyo.so*.pa.da
거절하다 拒絕	go*.jo*l.ha.da
견적서 估價單	gyo*n.jo*k.sso*
체크하다 檢查	che.keu.ha.da
납입 기한 交貨期限	na.bip/gi.han

● 公司福利

훈련 培訓	hul.lyo*n
휴가 休假	hyu.ga
월급 月薪	wol.geup
보너스 獎金	bo.no*.seu
상여금 獎金	sang.yo*.geum
퇴직금 退休金	twe.jik.geum

연금 年金	yo*n.geum
기본급 底薪	gi.bon.geup

● 辦公室用品類

메모지 便條紙	me.mo.ji
계산기 計算器	gye.san.gi
필통 筆筒	pil.tong
명함철 名片簿	myo*ng.ham.cho*l
파일 文件夾	pa.il
클립 迴紋針	kcul.lip
호치키스 釘書機	ho.chi.ki.seu
스카치 테이프 透明膠帶	seu.ka.chi/te.i.peu
가위 剪刀	ga.wi

방수 테이프 防水膠帶	bang.su/te.i.peu
인주 印泥	in.ju
도장 印章	do.jang
이름패 名牌	i.reum.pe*
수첩 手冊	su.cho*p
전화 번호부 電話簿	jo*n.hwa/bo*n.ho.bu
화이트보드 白板	hwa.i.teu.bo.deu
전화 電話	jo*n.hwa
명함 名片	myo*ng.ham
서류 文件	so*.ryu
출퇴근 기록기 打卡機	chul.twe.geun/gi.rok.gi
컴퓨터 電腦	ko*m.pyu.to*

이메일 電子郵件	i.me.il
프린터 印表機	peu.rin.to*
스캐너 掃描機	seu.ke*.no*
영사기 投影機	yo*ng.sa.gi
복사지 影印紙	bok.ssa.ji
복사기 影印機	bok.ssa.gi
문서분쇄기 碎紙機	mun.so*.bun.swe*.gi
사무실 테이블 辦公桌	sa.mu.sil/te.i.beul
팩스 傳真	pe*k.sseu
팩시밀리 傳真	pe*k.ssi.mil.li
노트북 筆記型電腦	no.teu.buk
타임 카드 計時卡	ta.im/ka.deu

2 日常生活

● 公司人事幹部

동료 同事	dong.nyo
상사 上司	sang.sa
선배 前輩	so*n.be*
후배 後輩	hu.be*
직원 職員	ji.gwon
경영자 經營者	gyo*ng.yo*ng.ja
회계사 會計	hwe.gye.sa
업무인원 業務人員	o*m.mu/i.nwon
주임 主任	ju.im
비서 秘書	bi.so*
사무장 事務長	sa.mu.jang

회장 董事長	hwe.jang
사장 總經理	sa.jang
경리 經理	gyo*ng.ni
매니저 部門經理	me*.ni.jo*
이사 理事／董事	i.sa
상무이사 常務理事	sang.mu.i.sa
회사원 上班族	hwe.sa.won
과장 課長	gwa.jang
부장 部長	bu.jang
대리 代理	de*.ri
조장 組長	jo.jang
팀장 隊長	tim.jang

| 조원 | jo.won |
| 組員 | |

| 접수계원 | jo*p.ssu.gye.won |
| 接待人員 | |

| 선전 담당자 | so*n.jo*n/dam.dang.ja |
| 宣傳負責人 | |

| 베테랑 | be.te.rang |
| 老手 | |

| 신인 | si.nin |
| 新人 | |

| 이사회 | i.sa.hwe |
| 董事會 | |

● 工作相關類

| 회의실 | hwe.ui.sil |
| 會議室 | |

| 사무실 | sa.mu.sil |
| 辦公室 | |

| 사표 | sa.pyo |
| 辭職信 | |

| 시말서 | si.mal.sso* |
| 悔過書 | |

| 직무 | jing.mu |
| 職務 | |

노동 조합 工會	no.dong/jo.hap
전근하다 調動	jo*n.geun.ha.da
인사 이동 人事調動	in.sa/i.dong
교대제 輪班制	gyo.de*.je
결근하다 缺勤	gyo*l.geun.ha.da
해고하다 解雇	he*.go.ha.da
승진하다 升職	seung.jin.ha.da
전직하다 轉職	jo*n.ji.ka.da
실업 失業	si.ro*p
주휴 2 일제 週休二日	ju.hyu/i.il.je

● 工廠

수리하다 修理	su.ri.ha.da

제조하다 製造	je.jo.ha.da
조립하다 裝配	jo.ri.pa.da
가공 加工	ga.gong
도장하다 粉刷	do.jang.ha.da
생산하다 生產	se*ng.san.ha.da
상품 목록 商品目錄	sang.pum/mong.nok
디자인하다 設計	di.ja.in.ha.da
설계도 設計圖	so*l.gye.do
규격 規格	gyu.gyo*k
제품 製品	je.pum
품질 品質	pum.jil
산품 產品	san.pum

작업복 工作服	ja.go*p.bok
장치하다 安裝	jang.chi.ha.da
부속품 零件	bu.sok.pum
공작 기계 工廠機械	gong.jak/gi.gye
산량 產量	sal.lyang
재고 庫存	je*.go
공장장 廠長	gong.jang.jang
노동자 工人	no.dong.ja

2

日常生活

■ 醫療疾病篇

● 疾病類

감기 感冒	gam.gi
열나다 發燒	yo*l.la.da
두통 頭痛	du.tong
기침 咳嗽	gi.chim
콧물 鼻水	kon.mul
구토 嘔吐	gu.to
변비 便秘	byo*n.bi
설사 腹瀉	so*l.sa
배 아프다 肚子痛	be*/a.peu.da
식중독 食物中毒	sik.jjung.dok

심장병 心臟病	sim.jang.byo*ng
고혈압 高血壓	go.hyo*.rap
당뇨병 糖尿病	dang.nyo.byo*ng
감염 感染	ga.myo*m
금성전염병 急性傳染病	geum.so*ng.jo*.nyo*m. byo*ng
내출혈 內出血	ne*.chul.hyo*l
빈혈 貧血	bin.hyo*l
암 癌症	am
영양실조 營養失調	yo*ng.yang.sil.jo
위염 胃炎	wi.yo*m
피부병 皮膚炎	pi.bu.byo*ng
치질 痔瘡	chi.jil

천식 氣喘	cho*n.sik
삐 다 扭傷	bi.da
골절 骨折	gol.jo*l
넘어지다 跌倒	no*.mo*.ji.da
교통사고 車禍	gyo.tong.sa.go
치통 牙痛	chi.tong
충치 蛀牙	chung.chi
화상 燙傷	hwa.sang
피가 흐르다 流血	pi.ga/heu.reu.da
근시 近視	geun.si
원시 遠視	won.si
차멀미 暈車	cha.mo*l.mi

물집 水泡	mul.jip
코피 鼻血	ko.pi
힘이 없다 沒力氣	hi.mi/o*p.da
유행성감기 流行感冒	yu.he*ng.so*ng.gam.gi
눈병 眼疾	nun.byo*ng
소화불량 消化不良	so.hwa.bul.lyang

● 藥局類

약국 藥店	yak.guk
약사 藥師	yak.ssa
약 藥	yak
두통약 頭痛藥	du.tong.yak
멀미약 暈車藥	mo*l.mi.yak

정제 錠劑	jo*ng.je
위장약 胃腸藥	wi.jang.yak
소화제 消化藥	so.hwa.je
안약 眼藥	a.nyak
가루약 藥粉	ga.ru.yak
소독약 消毒藥	so.do.gyak
설사약 瀉藥	so*l.sa.yak
지사제 止瀉藥	ji.sa.je
진정제 鎮靜劑	jin.jo*ng.je
옥시돌 雙氧水	ok.ssi.dol
약용 알코올 藥用酒精	ya.gyong/al.ko.ol
반창고 OK 蹦	ban.chang.go

체온계 體溫計	che.on.gye
연고 軟膏	yo*n.go
알약 藥丸	a.ryak
예방약 預防藥	ye.bang.yak
감기약 感冒藥	gam.gi.yak
해열제 退燒藥	he*.yo*l.je
고혈압약 高血壓藥	go.hyo*.ra.byak
붕대 繃帶	bung.de*
물약 藥水	mul.lyak
구급 상자 急救箱	gu.geup/sang.ja
지혈약 止血藥	ji.hyo*.ryak
수면제 安眠藥	su.myo*n.je

약솜 藥用棉花	yak.ssom
생리식염수 生理食鹽水	se*ng.ni.si.gyo*m.su
비타민 維他命	bi.ta.min
상비약 常用藥品	sang.bi.yak
약품 藥品	yak.pum
의약품 醫藥品	ui.yak.pum
의료 醫療	ui.ryo
처방전 診斷單	cho*.bang.jo*n

● 服用藥物

식전 飯前	sik.jjo*n
식후 飯後	si.ku
공복 空腹	gong.bok

복용하다 服用（藥物）	bo.gyong.ha.da
조제하다 配藥	jo.je.ha.da
약을 먹다 吃藥	ya.geul/mo*k.da
반창고를 붙이다 貼 OK 蹦	ban.chang.go.reul/bu.chi.da
연고를 바르다 塗軟膏	yo*n.go.reul/ba.reu.da
염증이 생기다 發炎	yo*m.jeung.i/se*ng.gi.da
파스 貼布	pa.seu
상처 傷口	sang.cho*

● 醫院類

병원 醫院	byo*ng.won
의사 醫生	ui.sa
간호사 護士	gan.ho.sa

수술 手術	su.sul
내과 內科	ne*.gwa
안과 眼科	an.gwa
피부과 皮膚科	pi.bu.gwa
외과 外科	we.gwa
치과 牙科	chi.gwa
이비인후과 耳鼻咽喉科	i.bi.in.hu.gwa
뇌신경과 腦神經科	nwe.sin.gyo*ng.gwa
비뇨기과 泌尿科	bi.nyo.gi.gwa
산부인과 婦產科	san.bu.in.gwa
소아과 小兒科	so.a.gwa
신경과 神經科	sin.gyo*ng.gwa

성형외과 整形外科	so*ng.hyo*ng.we.gwa
신장내과 腎臟科	sin.jang.ne*.gwa
응급실 急診室	eung.geup.ssil
정형외과 骨科	jo*ng.hyo*ng.we.gwa
내분비내과 內分泌科	ne*.bun.bi.ne*.gwa
진찰하다 診察	jin.chal.ha.da
주사를 맞다 打針	ju.sa.reul/mat.da
전염되다 傳染	jo*.nyo*m.dwe.da
격리 병실 隔離病房	gyo*ng.ni/byo*ng.sil
중증환자 重症患者	jung.jeung.hwan.ja
병세 病情	byo*ng.se
질병 疾病	jil.byo*ng

병실
病房

byo*ng.sil

환자
患者

hwan.ja

입원하다
住院

i.bwon.ha.da

퇴원하다
出院

twe.won.ha.da

■ 書籍篇

● 報章雜誌類

신문 報紙	sin.mun
소설 小説	so.so*l
잡지 雜誌	jap.jji
주간지 周刊	ju.gan.ji
계간지 季刊	gye.gan.ji
만화책 漫畫書	man.hwa.che*k
그림책 繪本	geu.rim.che*k
역사책 史書	yo*k.ssa.che*k
전문서적 專業書籍	jo*n.mun.so*.jo*k
수필집 隨筆集	su.pil.jip

산문집 散文集	san.mun.jip
시집 詩集	si.jip
역사소설 歷史小説	yo*k.ssa.so.so*l
전기 傳記	jo*n.gi
사전 字典	sa.jo*n
교과서 教科書	gyo.gwa.so*
동화책 童書	dong.hwa.che*k
화보집 畫冊	hwa.bo.jip
사진집 寫真集	sa.jin.jip

● 書籍相關類

출판사 出版社	chul.pan.sa
출판권 出版權	chul.pan.gwon

서적 書籍	so*.jo*k
서점 書局	so*.jo*m
시인 詩人	si.in
독서 讀書	dok.sso*
저자 作者	jo*.ja
역자 譯者	yo*k.jja
문학 文學	mun.hak
과학 科學	gwa.hak
예술 藝術	ye.sul
생활 生活	se*ng.hwal
고전 古典	go.jo*n
현대 現代	hyo*n.de*

기록 記錄	gi.rok
여행서 旅遊書	yo*.he*ng.so*
일기 日記	il.gi
성서 聖經	so*ng.so*
불경 佛經	bul.gyo*ng
단편 소설 短篇小説	dan.pyo*n/so.so*l
중편 소설 中篇小説	jung.pyo*n/so.so*l
장편 소설 長篇小説	jang.pyo*n/so.so*l
일간 日刊	il.gan
주간 周刊	ju.gan
월간 月刊	wol.gan
서문 序言	so*.mun

본문 本文	bon.mun

● 知名出版品

워싱턴 포스트지 華盛頓郵報	wo.sing.to*n/po.seu.teu.ji
네이처 自然雜誌	ne.i.cho*
타임 時代雜誌	ta.im
뉴욕타임스 紐約時報	nyu.yok.ta.im.seu
파이낸셜타임스 金融時報	pa.i.ne*n.syo*l.ta.im.seu
리더스다이제스트 讀者文摘	ri.do*.seu.da.i.je.seu.teu
선지 太陽報	so*n.ji
더 타임스 泰晤士報	do*/ta.im.seu
르몽드 法國世界報	reu.mong.deu
선데이 타임스 星期日泰晤士報	so*n.de.i/ta.im.seu

뉴욕 헤럴드 트리뷴 紐約先驅論壇報	nyu.yok/he.ro*l.deu/teu. ri.byun
빈과일보 蘋果日報	bin.gwa.il.bo
중국시보 中國時報	jung.guk.ssi.bo
자유시보 自由時報	ja.yu.si.bo
연합보 聯合報	yo*n.hap.bo
조선일보 朝鮮日報	jo.so*.nil.bo
중앙일보 中央日報	jung.ang.il.bo
한국일보 韓國日報	han.gu.gil.bo
스포츠서울 The Daily Sports Seoul	seu.po.cheu.so*.ul
세계일보 世界日報	se.gye.il.bo
서울신문 首爾報紙	so*.ul.sin.mun
문화일보 文化日報	mun.hwa.il.bo

동아일보 東亞日報	dong.a.il.bo
노동일보 勞動日報	no.dong.il.bo
국민일보 國民日報	gung.mi.nil.bo
코리아 타임스 The Korea Times	ko.ri.a/ta.im.seu
아사히신문 朝日新聞	a.sa.hi.sin.mun
요미우리신문 讀賣新聞	yo.mi.u.ri.sin.mun
도쿄 신문 東京新聞	do.kyo/sin.mun
마이니치 신문 每日新聞	ma.i.ni.chi/sin.mun
니혼게이자이신문 日本經濟新聞	ni.hon.ge.i.ja.i.sin.mun

2

日常生活

第三章

玩樂休閒

■ 百貨購物

● 購物相關類

백화점 百貨公司	be*.kwa.jo*m
쇼핑몰 購物中心	syo.ping.mol
상가 商業街	sang.ga
지하상가 地下商街	ji.ha.sang.ga
노점 攤販	no.jo*m
계산대 結帳處	gye.san.de*
최신유행 最新流行	chwe.si.nyu.he*ng
화장품 化妝品	hwa.jang.pum
샘플 樣品	se*m.peul
인기가 있다 受歡迎	in.gi.ga/it.da

3
玩樂休閒

시용하다 試用	si.yong.ha.da
구경하다 觀賞	gu.gyo*ng.ha.da
비교하다 比較	bi.gyo.ha.da
점원 店員	jo*.mwon
가격 價格	ga.gyo*k
싸다 便宜	ssa.da
비싸다 昂貴	bi.ssa.da
사다 買	sa.da
팔다 賣	pal.da
값을 흥정하다 討價還價	gap.sseul/heung.jo*ng. ha.da
단골손님 常客	dan.gol.son.nim
현금 現金	hyo*n.geum

신용카드 信用卡	si.nyong.ka.deu
지불하다 支付	ji.bul.ha.da
값을 깎다 殺價	gap.sseul/gak.da
얼마예요? 多少錢？	o*l.ma.ye.yo
판매 販賣	pan.me*
할인 打折	ha.rin
어서 오세요 歡迎光臨	o*.so*/o.se.yo
스타일 樣式	seu.ta.il
세일 기간 特價期間	se.il/gi.gan
인기상품 人氣商品	in.gi.sang.pum
매장 賣場	me*.jang
신제품 新製品	sin.je.pum

3

玩樂休閒

사이즈 尺寸	sa.i.jeu
디자인 設計	di.ja.in
영수증 收據	yo*ng.su.jeung
분할 지불 分期付款	bun.hal/jji.bul
특가 特價	teuk.ga
쿠폰 禮券	ku.pon
잘못 사다 買錯	jal.mot/sa.da
할부 分期付款	hal.bu
일시불 一次付清	il.si.bul
돈이 부족하다 錢不夠	do.ni/bu.jo.ka.da
포장하다 包裝	po.jang.ha.da
환불 退費	hwan.bul

고객 顧客	go.ge*k
상점 商店	sang.jo*m

● 上衣類

의복 衣服	ui.bok
옷 衣服	ot
양복 西裝	yang.bok
운동복 運動服	un.dong.bok
잠옷 睡衣	ja.mot
정장 套裝	jo*ng.jang
아동복 童裝	a.dong.bok
셔츠 襯衫	syo*.cheu
와이셔츠 白襯衫	wa.i.syo*.cheu

체크문늬 셔츠 格紋襯衫	che.keu.mun.ni/syo*.cheu
폴로셔츠 POLO 衫	pol.lo.syo*.cheu
티셔츠 T 恤	ti.syo*.cheu
두루마기 韓服外套	du.ru.ma.gi
내복 保暖內衣	ne*.bok
내의 內衣	ne*.ui
레인코트 雨衣	re.in.ko.teu
베스트 背心	be.seu.teu
브래지어 內衣	beu.re*.ji.o*
수영복 泳裝	su.yo*ng.bok
카디건 羊毛衣	ka.di.go*n
유아복 幼兒服	yu.a.bok

오리털 파카 羽絨外套	o.ri.to*l/pa.ka
스웨타 毛衣	seu.we.ta
치파오 旗袍	chi.pa.o
기모노 和服	gi.mo.no
유카타 夏季和服	yu.ka.ta
한복 韓服	han.bok
목욕 가운 浴衣	mo.gyok/ga.un
조끼 背心	jo.gi
외투 外套	we.tu
코트 外套（coat）	ko.teu
파자마 睡衣	pa.ja.ma
캐쥬얼 休閒服	ke*.jyu.o*l

평상복 便服	pyo*ng.sang.bok
작업복 工作服	ja.go*p.bok
제복 制服	je.bok
웃옷 外衣	u.sot
블라우스 女性上衣	beul.la.u.seu
망토 披肩	mang.to
트렌치 코트 風衣	teu.ren.chi/ko.teu
스포츠웨어 運動服	seu.po.cheu.we.o*
커플룩 情侶裝	ko*.peul.luk
유니폼 工作制服	yu.ni.pom
커플티 情侶 T 恤	ko*.peul.ti
아동복 兒童服	a.dong.bok

학생복 學生服	hak.sse*ng.bok
남성복 男裝	nam.so*ng.bok
여성복 女裝	yo*.so*ng.bok
숙녀복 淑女裝	sung.nyo*.bok
임신복 孕婦裝	im.sin.bok
쟈켓 夾克	jya.ket
비옷 雨衣	bi.ot
숏코트 短大衣	syot.ko.teu
캐미솔 內衣型背心	ke*.mi.syol

3
玩樂休閒

● 褲裙類

| 바지
褲子 | ba.ji |
| 양복바지
西裝褲 | yang.bok.ba.ji |

227

반바지 短褲	ban.ba.ji
긴바지 長褲	gin.ba.ji
치마 裙子	chi.ma
원피스 連身洋裝	won.pi.seu
긴치마 長裙	gin.chi.ma
짧은치마 短裙	jjal.beun.chi.ma
진 바지 牛仔褲	jin/ba.ji
나팔바지 喇叭褲	na.pal.ba.ji
타이트스커트 窄裙	ta.i.teu.seu.ko*.teu
미니스커트 迷你裙	mi.ni.seu.ko*.teu
치마바지 褲裙	chi.ma.ba.ji
타이츠 內搭褲	ta.i.cheu

7 부바지 7分褲	chil.bu.ba.ji
9 부바지 9分褲	gu.bu.ba.ji
민소매 원피스 無袖洋裝	min.so.me*.won.pi.seu
후레아스커트 喇叭裙	hu.re.a.seu.ko*.teu
멜빵치마 吊帶裙	mel.bang.chi.ma
드레스 晚禮服	deu.re.seu
턱시도 燕尾服	to*k.ssi.do
웨딩드레스 婚紗	we.ding.deu.re.seu
혼례복 婚禮服	hol.lye.bok
이브닝 가운 晚禮服	i.beu.ning/ga.un

3 玩樂休閒

● 其他搭配服飾類

| 지퍼
拉鏈 | ji.po* |

229

단추 鈕扣	dan.chu
밀짚모자 草帽	mil.jim.mo.ja
야구모자 棒球帽	ya.gu.mo.ja
허리띠 腰帶	ho*.ri.di
벨트 皮帶	bel.teu
양말 襪子	yang.mal
스타킹 絲襪	seu.ta.king
짧은 양말 短襪	jjal.beu.nyang.mal
긴양말 長襪	gi.nyang.mal
목도리 圍巾	mok.do.ri
숄 披肩	syol
넥타이 領帶	nek.ta.i

모자 帽子	mo.ja
허리띠 皮帶	ho*.ri.di
장갑 手套	jang.gap
손수건 手帕	son.su.go*n
스카프 絲巾	seu.ka.peu
헤어 밴드 髮帶	he.o*/be*n.deu
머리띠 髮箍	mo*.ri.di
헤어 슈슈 髮圈	he.o*/syu.syu

● 衣服樣式類

반팔 短袖	ban.pal
긴팔 長袖	gin.pal
민소매 無袖	min.so.me*

주머니 口袋	ju.mo*.ni
옷감 質料	ot.gam
실크 絲質	sil.keu
면 棉	myo*n
나이론천 尼龍布	na.i.ron.cho*n
방수 防水	bang.su
방풍 防風	bang.pung
스타일 款式	seu.ta.il
문양 花樣	mu.nyang
색깔 顏色	se*k.gal
원단 布料	won.dan
싱글코트 單排扣外套	sing.geul.ko.teu

더블코트	do*.beul.ko.teu
雙排扣外套	

● 鞋類

신발	sin.bal
鞋子	

구두	gu.du
皮鞋	

하이힐	ha.i.hil
高跟鞋	

운동화	un.dong.hwa
運動鞋	

슬리퍼	seul.li.po*
拖鞋	

샌들	se*n.deul
涼鞋	

부츠	bu.cheu
靴子	

구두끈	gu.du.geun
鞋帶	

굽	gup
鞋跟	

신	sin
鞋子	

3
玩樂休閒

| 로힐 | ro.hil |
| 平底 | |

| 중힐 | jung.hil |
| 短跟 | |

| 하이힐 | ha.i.hil |
| 高跟 | |

| 헝겊신 | ho*ng.go*p.ssin |
| 布鞋 | |

| 장화 | jang.hwa |
| 雨鞋 | |

| 구두깔개 | gu.du.gal.ge* |
| 鞋墊 | |

● 各種皮革類

| 뱀가죽 | be*m.ga.juk |
| 蛇皮 | |

| 악어가죽 | a.go*.ga.juk |
| 鱷魚皮 | |

| 가죽 | ga.juk |
| 真皮 | |

| 인조가죽 | in.jo.ga.juk |
| 人造皮 | |

● 測量服飾類

입어보다 試穿（衣服）	i.bo*.bo.da
사이즈 尺寸	sa.i.jeu
크기 大小	keu.gi
가슴둘레 胸圍	ga.seum.dul.le
허리둘레 腰圍	ho*.ri.dul.le
엉덩이둘레 臀圍	o*ng.do*ng.i.dul.le
크다 大	keu.da
작다 小	jak.da
맞다 合身	mat.da
꽉끼다 緊	gwak.gi.da
신장 身長	sin.jang

3
玩樂休閒

235

다리길이	da.ri.gi.ri
腿長	

● 飾品配件類

손목시계	son.mok.ssi.gye
手錶	

팔찌	pal.jji
手環	

반찌	ban.jji
戒指	

목걸이	mok.go*.ri
項鍊	

귀걸이	gwi.go*.ri
耳環	

넥타이빈	nek.ta.i.bin
領帶夾	

액세서리	e*k.sse.so*.ri
飾品	

브로치	beu.ro.chi
胸針	

코걸이	ko.go*.ri
鼻環	

헤어핀	he.o*.pin
髮夾	

뱅글 手鐲	be*ng.geul
펜던트 鍊墜	pen.do*n.teu

● 皮包類

돈주머니 錢包	don.ju.mo*.ni
지갑 皮夾	ji.gap
손가방 手提包	son.ga.bang
여행가방 旅行包	yo*.he*ng.ga.bang
배낭 背包	be*.nang
헨드백 手提包	he*n.deu.be*k
가방 包包	ga.bang
여행가방 旅行箱	yo*.he*ng.ga.bang
파우치 化妝包	pa.u.chi

初學者必備的
韓語單字
輕鬆學

• track　224

솔더 가방 側背包	syol.do*/ga.bang
배낭 登山包	be*.nang
토트백 托特包	to.teu.be*k

● 金銀類

금 黃金	geum
은 銀	eun
캐럿 K金	ke*.ro*t
백금 鉑金	be*k.geum
도금 鍍金	do.geum
순금 真金／純金	sun.geum
금괴 金塊	geum.gwe
순은 純銀	su.neun

합금 合金	hap.geum

● 鑽石水金類

다이아몬드 鑽石	da.i.a.mon.deu
보석 寶石	bo.so*k
수정 水晶	su.jo*ng
자수정 紫水晶	ja.su.jo*ng
루비 紅寶石	ru.bi
석류석 石榴石	so*ng.nyu.so*k
청옥 藍寶石	cho*ng.ok
황옥 黃寶石	hwang.ok
인조 보석 人造寶石	in.jo/bo.so*k
호박 琥珀	ho.bak

비취 翡翠	bi.chwi
경옥 硬玉	gyo*ng.ok
옥 玉	ok
벽옥 綠礦石	byo*.gok

■ 藝術音樂

● 美術展

그림 전시회 畫展	geu.rim/jo*n.si.hwe
미술전 美術展	mi.sul.jo*n
유화 油畫	yu.hwa
수채화 水彩畫	su.che*.hwa
스케치 素描	seu.ke.chi
수묵화 水墨畫	su.mu.kwa
인상파 印象派	in.sang.pa
추상파 抽象派	chu.sang.pa
서양화 西洋畫	so*.yang.hwa
국화 國畫	gu.kwa

서예전 書法展	so*.ye.jo*n
사진전 攝影展	sa.jin.jo*n
조각전 雕刻展	jo.gak.jjo*n
도예전 陶藝展	do.ye.jo*n
도자기전 陶瓷展	do.ja.gi.jo*n
판화작품전시회 版畫作品展示會	pan.hwa.jak.pum.jo*n.si. hwe

● 影劇類

극장 電影院	geuk.jjang
영화관 電影院	yo*ng.hwa.gwan
영화 電影	yo*ng.hwa
시대극 古裝劇	si.de*.geuk
현대극 現代劇	hyo*n.de*.geuk

코미디 喜劇片	ko.mi.di
공포 영화 恐怖電影	gong.po/yo*ng.hwa
전쟁 영화 戰爭電影	jo*n.je*ng/yo*ng.hwa
액션 영화 動作電影	e*k.ssyo*n/yo*ng.hwa
애정 영화 愛情電影	e*.jo*ng/yo*ng.hwa
만화 영화 動畫片	man.hwa/yo*ng.hwa
정치 영화 政治片	jo*ng.chi/yo*ng.hwa
비극 悲劇	bi.geuk
무언극 默劇	mu.o*n.geuk
추리극 推理片	chu.ri.geuk
다큐멘터리 영화 記錄片	da.kyu.men.to*.ri/yo*ng.hwa
칸 영화제 坎城影展	kan/yo*ng.hwa.je

3

玩樂休閒

연속극 連續劇	yo*n.sok.geuk
운동경기 體育競賽	un.dong.gyo*ng.gi
미니 시리즈 影集	mi.ni/si.ri.jeu
외화 시리즈 外國影集	we.hwa/si.ri.jeu
광고 廣告	gwang.go
아침 뉴스 晨間新聞	a.chim.nyu.seu
정오 뉴스 午間新聞	jo*ng.o.nyu.seu
저녁 뉴스 晚間新聞	jo*.nyo*ng.nyu.seu
경제 프로그램 財經節目	gyo*ng.je.peu.ro.geu.re*m
여행 프로그램 旅遊節目	yo*.he*ng.peu.ro.geu.re*m
요리 프로그램 美食節目	yo.ri.peu.ro.geu.re*m
아동 프로그램 兒童節目	a.dong.peu.ro.geu.re*m

● 音樂類

가라오케 卡拉 OK	ga.ra.o.ke
대중가요 大眾歌謠	de*.jung.ga.yo
경음악 輕音樂	gyo*ng.eu.mak
고전 음악 古典音樂	go.jo*n/eu.mak
서양 고전 음악 西洋古典音樂	so*.yang/go.jo*n/eu.mak
클래식 古典音樂	keul.le*.sik
관현악 管弦樂	gwan.hyo*.nak
교향곡 交響樂	gyo.hyang.gok
독주곡 獨奏曲	dok.jju.gok
독창곡 獨唱曲	dok.chang.gok
협주곡 協奏曲	hyo*p.jju.gok

취주악 吹奏樂	chwi.ju.ak
오케스트라 管弦樂隊	o.ke.seu.teu.ra
전통 음악 傳統音樂	jo*n.tong/eu.mak
현대 음악 現代音樂	hyo*n.de*.eu.mak
신곡 新歌	sin.gok
옛날곡 老歌	yen.nal/gok
프로듀서 制作人	peu.ro.dyu.so*
작곡가 作曲家	jak.gok.ga
작사가 作詞家	jak.ssa.ga
새 음반 新專輯	se*/eum.ban
유행가 流行歌曲	yu.he*ng.ga
록 음악 搖滾歌曲	rok/eu.mak

댄스곡 舞曲	de*n.seu.gok
알엔비 節奏藍調（R&B）	a.ren.bi
편곡 改編歌曲	pyo*n.gok
일본노래 日本歌	il.bon.no.re*
한국노래 韓語歌	han.gung.no.re*
영어노래 英語歌	yo*ng.o*.no.re*
중국노래 中文歌	jung.gung.no.re*
첫 곡 第一首	cho*t/gok
타이틀 곡 土打歌	ta.i.teul/gok
레코드 唱片	re.ko.deu
가사 歌詞	ga.sa
음반 唱片	eum.ban

● 樂器類

악기	ak.gi
樂器	

바이올린	ba.i.ol.lin
小提琴	

비올라	bi.ol.la
中提琴	

첼로	chel.lo
大提琴	

트럼펫	teu.ro*m.pet
小號	

피리	pi.ri
笛子	

플루트	peul.lu.teu
長笛	

오보에	o.bo.e
雙簧管	

클라리넷	keul.la.ri.net
單簧管	

파고토	pa.go.to
低音管	

프렌치 호른	peu.ren.chi/ho.reun
法國號	

마림바 木琴	ma.rim.ba
실로폰 鐵琴	sil.lo.pon
트라이앵글 三角鐵	teu.ra.i.e*ng.geul
베이스 드럼 大鼓	be.i.seu/deu.ro*m
스네어 드럼 小鼓	seu.ne.o*/deu.ro*m
타악기 打擊樂器	ta.ak.gi
피아노 鋼琴	pi.a.no
오르간 管風琴	o.reu.gan
하프 豎琴	ha.peu
기타 吉他	gi.ta
전자 오르간 電子琴	jo*n.ja/o.reu.gan

● 音樂舞蹈類

민요 民謠	mi.nyo
국악 國樂	gu.gak
무술 武術	mu.sul
오페라 歌劇	o.pe.ra
뮤지컬 歌舞劇	myu.ji.ko*l
연극 話劇	yo*n.geuk
무대 舞臺	mu.de*
조명 燈光	jo.myo*ng
문화회관 文化會館	mun.hwa.hwe.gwan
미술관 美術館	mi.sul.gwan
문화센터 文化中心	mun.hwa.sen.to*

노천극장 露天劇場	no.cho*n.geuk.jjang
음악회 音樂會	eu.ma.kwe
전통음악 傳統音樂	jo*n.tong.eu.mak
서양음악 西洋音樂	so*.yang.eu.mak
전통무용 傳統舞蹈	jo*n.tong.mu.yong
민속무용 民俗舞蹈	min.song.mu.yong
탈춤 假面具表演	tal.chum

● 音樂表演

전통음악 傳統音樂	jo*n.tong.eu.mak
서양음악 西洋音樂	so*.yang.eu.mak
전통무용 傳統舞蹈	jo*n.tong.mu.yong
민속무용 民俗舞蹈	min.song.mu.yong

3
玩樂休閒

탈춤 假面舞	tal.chum
판소리 説唱（韓國表演）	pan.so.ri
민요 民謠	mi.nyo
국악 國樂	gu.gak
무술 武術	mu.sul
오페라 歌劇	o.pe.ra
뮤지컬 歌舞劇	myu.ji.ko*l
연극 話劇	yo*n.geuk
신곡 발표회 新曲發表會	sin.gok/bal.pyo.hwe
문화회관 文化會館	mun.hwa.hwe.gwan
예술청 藝術廳	ye.sul.cho*ng
극장 劇場	geuk.jjang

영화관 電影院	yo*ng.hwa.gwan
문화 센터 文化中心	mun.hwa/sen.to*
노천 극장 露天劇場	no.cho*n/geuk.jjang
음악회 音樂會	eu.ma.kwe

● 表演類相關

밴드 樂團	be*n.deu
지휘자 指揮	ji.hwi.ja
합창단 合唱團	hap.chang.dan
악단 樂團	ak.dan
콘서트 演唱會	kon.so*.teu
솔로 獨唱	sol.lo
로큰롤 搖滾樂	ro.keul.lol

3
玩樂休閒

팝송 流行歌曲	pap.ssong
반주 伴奏	ban.ju
악대 樂隊	ak.de*
리듬 節奏	ri.deum
저음 低音	jo*.eum
중음 中音	jung.eum
고음 高音	go.eum
화성 和聲	hwa.so*ng
무대 舞臺	mu.de*
조명 燈光	jo.myo*ng
도구 道具	do.gu
무대 배경 舞台布景	mu.de*/be*.gyo*ng

■ 運動比賽

● 休閒運動

수영 遊泳	su.yo*ng
잠수 潛水	jam.su
파도타기 沖浪	pa.do.ta.gi
다이빙 跳水	da.i.bing
등산 登山	deung.san
자동차 경주 賽車	ja.dong.cha/gyo*ng.ju
스케이팅 溜冰	seu.ke.i.ting
스키 滑雪	seu.ki
조깅 慢跑	jo.ging
검도 劍道	go*m.do

3
玩樂休閒

펜싱 擊劍	pen.sing
경마 賽馬	gyo*ng.ma
댄스 跳舞	de*n.seu
발레 芭蕾舞	bal.le
사교 댄스 社交舞	sa.gyo/de*n.seu
에어로빅 健身操	e.o*.ro.bik
보디 빌딩 健身運動	bo.di/bil.ding
승마 騎馬	seung.ma
양궁 射箭	yang.gung
체조 體操	che.jo
윈드서핑 風帆衝浪	win.deu.so*.ping
수상 스포츠 水上運動	su.sang/seu.po.cheu

● 比賽

시합 比賽	si.hap
경쟁자 競爭者	gyo*ng.je*ng.ja
겨루다 較量	gyo*.ru.da
심판 裁判	sim.pan
일등 第一名	il.deung
이등 第二名	i.deung
삼등 第三名	sam.deung
금메달 金牌	geum.me.dal
은메달 銀牌	eun.me.dal
동메달 銅	dong.me.dal
금메달을 따다 取得金牌	geum.me.da.reul/da.da

3
玩樂休閒

257

연장전 延長賽	yo*n.jang.jo*n
시작하다 開始	si.ja.ka.da
끝나다 結束	geun.na.da
승리하다 勝利	seung.ni.ha.da
실패하다 失敗	sil.pe*.ha.da
이기다 贏	i.gi.da
지다 輸	ji.da
운동 선수 運動員	un.dong/so*n.su
응원대 啦啦隊	eung.won.de*
관중 觀眾	gwan.jung
관중석 觀眾席	gwan.jung.so*k
환호하다 歡呼	hwan.ho.ha.da

응원하다 eung.won.ha.da
加油

● 各項比賽

마라톤경주 ma.ra.ton.gyo*ng.ju
馬拉松賽跑

육상 yuk.ssang
田徑

멀리뛰기 mo*l.li.dwi.gi
跳遠

높이뛰기 no.pi.dwi.gi
跳高

역도 yo*k.do
舉重

복싱 bok.ssing
拳擊

태권도 te*.gwon.do
跆拳道

유도 yu.do
柔道

수중발레 su.jung.bal.le
水中芭蕾

레슬링 re.seul.ling
摔跤

3
玩樂休閒

피겨 스케이팅 花式溜冰	pi.gyo*/seu.ke.i.ting
달리기 경기 賽跑	dal.li.gi/gyo*ng.gi
사이클 경기 自行車比賽	sa.i.keul/gyo*ng.gi
조정 경기 賽艇	jo.jo*ng/gyo*ng.gi
사격 射擊	sa.gyo*k
원반 던지기 擲鐵餅	won.ban/do*n.ji.gi
포환 던지기 擲鉛球	po.hwan/do*n.ji.gi
크로스컨트리 鐵人賽	keu.ro.seu.ko*n.teu.ri

● 各種球類

테니스 網球	te.ni.seu
골프 高爾夫球	gol.peu
미식축구 橄欖球	mi.sik.chuk.gu

배드민턴 羽毛球	be*.deu.min.to*n
탁구 桌球	tak.gu
당구 撞球	dang.gu
배구 排球	be*.gu
볼링 保齡球	bol.ling
농구 籃球	nong.gu
야구 棒球	ya.gu
축구 足球	chuk.gu
라크로스 長曲棍球	ra.keu.ro.seu
소프트볼 壘球	so.peu.teu.bol
스쿼시 壁球	seu.kwo.si
폴로 馬球	pol.lo

3

玩樂休閒

핸드볼 手球	he*n.deu.bol
수구 水球	su.gu
아이스하키 冰上曲棍球	a.i.seu.ha.ki

● 各種球類比賽

팀 球隊	tim
선수 選手	so*n.su
코치 教練	ko.chi
슬라이스 서브 殺球	seul.la.i.seu/so*.beu
홈런 全壘打	hom.no*n
볼 （投手投出的）壞球（棒球）	bol
단타 短打（棒球）	dan.ta
아웃 出局（棒球）	a.ut

홈인 安全跑回本壘得分（棒球）	ho.min
삼진 三振（棒球）	sam.jin
득점 得分	deuk.jjo*m
성적 成績	so*ng.jo*k
점수 分數	jo*m.su
프리 스로 （籃球）罰球	peu.ri/seu.ro
중간 휴식 中場休息	jung.gan/hyu.sik

3

玩樂休閒

■ 旅遊

● 旅遊類

여행지
旅遊地
yo*.he*ng.ji

박물관
博物館
bang.mul.gwan

여행 안내 책자
旅遊指南
yo*.he*ng.an.ne*.che*k.jja

관광 코스
觀光路線
gwan.gwang/ko.seu

매표소
售票處
me*.pyo.so

환전
換錢
hwan.jo*n

여행단
旅遊團
yo*.he*ng.dan

여행비
旅費
yo*.he*ng.bi

유람하다
遊覽
yu.ram.ha.da

입장권
入場券
ip.jjang.gwon

구경하다 參觀	gu.gyo*ng.ha.da
시내 관광 市區觀光	si.ne*.gwan.gwang
면세품 免稅商品	myo*n.se.pum
세금 稅金	se.geum
비행기표 機票	bi.he*ng.gi.pyo
탑승수속 搭機手續	tap.sseung.su.so
셔틀 버스 區間公車	syo*.teul/bo*.seu
화장실 洗手間	hwa.jang.sil
입장료 門票費	ip.jjang.nyo
무료 免費	mu.ryo
기념품 紀念品	gi.nyo*m.pum
휴관일 休館日	hyu.gwa.nil

3

玩樂休閒

문을 닫다	mu.neul/dat.da
關門／停業	

유람선	yu.ram.so*n
遊覽船	

우산	u.san
雨傘	

양산	yang.san
陽傘	

영수증	yo*ng.su.jeung
收據	

미술관	mi.sul.gwan
美術館	

관광 안내소	gwan.gwang/an.ne*.so
旅遊諮詢處	

관광하다	gwan.gwang.ha.da
觀光	

지도	ji.do
地圖	

전망대	jo*n.mang.de*
瞭望臺	

볼거리	bol.go*.ri
看的（景點）	

먹을거리	mo*.geul.go*.ri
吃的（美食）	

여행사 旅行社	yo*.he*ng.sa
관광 안내원 導遊	gwan.gwang/an.ne*.won
2 박 **3** 일 3天2夜	i.bak/sa.mil
성수기 旺季	so*ng.su.gi
비수기 淡季	bi.su.gi
고속버스 高速巴士	go.sok.bo*.seu
첫차 首班車	cho*t.cha
막차 末班車	mak.cha
팁 小費	tip
유적지 遺址	yu.jo*k.jji
외국인 外國人	we.gu.gin

3

玩樂休閒

● 旅遊住宿類

민박 民宿	min.bak
여관 旅館	yo*.gwan
호텔 飯店	ho.tel
빈 방 空房間	bin/bang
일인실 單人房	i.rin.sil
이인실 雙人房	i.in.sil
방을 예약하다 訂房	bang.eul/ye.ya.ka.da
체크인 入住手續	che.keu.in
체크아웃 退房	che.keu.a.ut
짐을 맡기다 寄存行李	ji.meul/mat.gi.da
조식 제공 附早餐	jo.sik/je.gong

식권 餐券	sik.gwon
조식권 早餐券	jo.sik.gwon
서명 하다 簽名	so*.myo*ng.ha.da
투숙객 房客	tu.suk.ge*k
숙박비 住宿費	suk.bak.bi
스위트룸 套房	seu.wi.teu.rum
다인실 多人房	da.in.sil
사우나 桑拿浴	sa.u.na
샤워실 洗澡間	sya.wo.sil
호텔 서비스 飯店服務	ho.tel/so*.bi.seu
룸 서비스 客房服務	rum/so*.bi.seu
비자 簽證	bi.ja

3
玩樂休閒

열쇠 鑰匙	yo*l.swe
모닝콜 서비스 叫醒服務	mo.ning.kol/so*.bi.seu
세탁 서비스 洗衣服務	se.tak/so*.bi.seu
숙박하다 住宿	suk.ba.ka.da

● 交通工具類

기차 火車	gi.cha
구급차 救護車	gu.geup.cha
버스 公車	bo*.seu
경찰차 警車	gyo*ng.chal.cha
관광버스 觀光巴士	gwan.gwang.bo*.seu
배 船	pe*
비행기 飛機	bi.he*ng.gi

소방차 消防車	so.bang.cha
쓰레기차 垃圾車	sseu.re.gi.cha
오토바이 摩托車	o.to.ba.i
자전거 腳踏車	ja.jo*n.go*
선박 船舶	so*n.bak
기선 輪船	gi.so*n
여객선 客輪	yo*.ge*k.sso*n
카페리 渡輪	ka.pe.ri
화물선 貨輪	hwa.mul.so*n
마차 馬車	ma.cha
경주차 跑車	gyo*ng.ju.cha
보트 小艇	bo.teu

지하철 地鐵	ji.ha.cho*l
소형버스 小型巴士	so.hyo*ng.bo*.seu
자가용 自家用車	ja.ga.yong
전철 電車	jo*n.cho*l
지프차 吉普車	ji.peu.cha
택시 計程車	te*k.ssi
트럭 貨櫃車	teu.ro*k
헬리곱트 直升機	hel.li.gop.teu
잠수함 潛水艇	jam.su.ham
케이블카 纜車	ke.i.beul.ka
홍보차 宣傳車	hong.bo.cha
스포츠카 跑車	seu.po.cheu.ka

272

컨버터블 敞篷車	ko*n.bo*.to*.beul
리무진 高級轎車	ri.mu.jin
차량 車輛	cha.ryang

● 乘車相關類

운전기사 司機	un.jo*n.gi.sa
역 車站	yo*k
～호선 ～號線	ho.so*n
요금 費用	yo.geum
버스 정류장 公共站	bo*.seu/jo*ng.nyu.jang
매표소 售票處	me*.pyo.so
교통카드 交通卡（Tmoney）	gyo.tong.ka.deu
현금 現金	hyo*n.geum

타다 乘坐	ta.da
내리다 下車	ne*.ri.da
갈아타다 換乘	ga.ra.ta.da
환승역 換乘站	hwan.seung.yo*k
벨을 누르다 按鈴	be.reul/nu.reu.da
운전사 司機	un.jo*n.sa
차표 車票	cha.pyo
하차벨 下車鈴	ha.cha.bel
정류장 站牌	jo*ng.nyu.jang
손잡이 手拉環	son.ja.bi
종점 終點站	jong.jo*m
잔돈 零錢	jan.don

표를 사다 買票	pyo.reul/ssa.da
성인표 成人票	so*ng.i.pyo
아동표 兒童票	a.dong.pyo
좌석 座位	jwa.so*k
경로석 博愛座	gyo*ng.no.so*k
승차하다 上車	seung.cha.ha.da
하차하다 下車	ha.cha.ha.da
승객 乘客	seung.ge*k
하차버튼 下車按鈕	ha.cha.bo*.teun
긴급브레이크 緊急剎車	gin.geup.beu.re.i.keu

● 計程車

택시 정류장 計程車招呼站	te*k.ssi/jo*ng.nyu.jang

3
玩樂休閒

275

안전벨트 安全帶	an.jo*n.bel.teu
콜택시 預約計程車	kol.te*k.ssi
일반택시 普通計程車	il.ban.te*k.ssi
모범택시 模範計程車	mo.bo*m.te*k.ssi
승차장 乘車場	seung.cha.jang
거슬러 주다 找錢	go*.seul.lo*/ju.da
합승 共乘	hap.sseung
출발지 出發地	chul.bal.jji
목적지 目的地	mok.jjo*k.jji
주소 地址	ju.so
계산방법 計算方法	gye.san.bang.bo*p
기본요금 基本費	gi.bo.nyo.geum

서비스요금 服務費	so*.bi.seu.yo.geum
좌회전 左轉	jwa.hwe.jo*n
우회전 右轉	u.hwe.jo*n
멀다 遠	mo*l.da
가깝다 近	ga.gap.da
승객 乘客	seung.ge*k
기사 司機	gi.sa
신호등 紅綠燈	sin.ho.deung
차를 세우다 停車	cha.reul/sse.u.da

● 機場

공항 機場	gong.hang
국제선 國際航班	guk.jje.so*n

| 국내선 | gung.ne*.so*n |
| 國內航班 | |

| 비행기 | bi.he*ng.gi |
| 飛機 | |

| 스튜어디스 | seu.tyu.o*.di.seu |
| 空中小姐 | |

| 여권 | yo*.gwon |
| 護照 | |

| 비자 | bi.ja |
| 簽證 | |

| 항공권 | hang.gong.gwon |
| 機票 | |

| 목적지 | mok.jjo*k.jji |
| 目的地 | |

| 비행기표 | bi.he*ng.gi.pyo |
| 機票 | |

| 보통 객석표 | bo.tong/ge*k.sso*k.pyo |
| 普通艙 | |

| 직항 | ji.kang |
| 直航班機 | |

| 비지니스 클래스 | bi.ji.ni.seu/keul.le*.seu |
| 商務艙 | |

| 공항세 | gong.hang.se |
| 機場稅 | |

탑승수속 搭機手續	tap.sseung.su.so
이코노미 클래스 經濟艙	i.ko.no.mi/keul.le*.seu
퍼스트 클래스 頭等艙	po*.seu.teu/keul.le*.seu
짐 무게 行李重量	jim/mu.ge
탑승 시간 登機時間	tap.sseung/si.gan
탑승문 登機門	tap.sseung.mun
비행기를 갈아타다 轉機	bi.he*ng.gi.reul/ga.ra.ta.da
대기실 候機室	de*.gi.sil
분실 수하물 신고처 行李遺失申報處	bun.sil/su.ha.mul/sin.go.cho*
수하물표 行李單	su.ha.mul.pyo
면세품 免稅商品	myo*n.se.pum
세관 신고서 報關單	se.gwan/sin.go.so*

3

玩樂休閒

출입국신고서 出入境申請表	chu.rip.guk.ssin.go.so*
입국검사 入境檢查	ip.guk.go*m.sa
세관 海關	se.gwan
공항 안내소 機場服務台	gong.hang/an.ne*.so
공항버스 機場巴士	gong.hang.bo*.seu
탁송수하물 托運行李	tak.ssong.su.ha.mul
수속하다 辦理手續	su.so.ka.da
탑승하다 登機	tap.sseung.ha.da
출발하다 起飛	chul.bal.ha.da
도착하다 抵達	do.cha.ka.da
연착하다 誤點	yo*n.cha.ka.da
체류하다 滯留	che.ryu.ha.da

신고하다 申報	sin.go.ha.da
편도표 單程機票	pyo*n.do.pyo
왕복표 往返機票	wang.bok.pyo
리무진 버스 機場巴士	ri.mu.jin/bo*.seu
좌석 座位	jwa.so*k
확인하다 確認	hwa.gin.ha.da
흡연석 吸菸座位	heu.byo*n.so*k
금연석 禁菸座位	geu.myo*n.so*k
통로 走道	tong.no
창가 靠窗	chang.ga
비상구 緊急出口	bi.sang.gu
산소 마스크 氧氣罩	san.so/ma.seu.keu

3

玩樂休閒

이륙하다 起飛	i.ryu.ka.da
착륙하다 降落	chang.nyu.ka.da
좌석 번호 座位號碼	jwa.so*k/bo*n.ho
비행기멀미 暈機	bi.he*ng.gi.mo*l.mi

● 船

배 船	pe*
부두 碼頭	bu.du
방파제 防波堤	bang.pa.je
등대 燈塔	deung.de*
승선하다 搭船	seung.so*n.ha.da
하선하다 下船	ha.so*n.ha.da
배를 타다 搭船	be*.reul/ta.da

선표 船票	so*n.pyo
갑판 甲板	gap.pan
선박 船舶	so*n.bak
선창 船艙	so*n.chang
선원 船員	so*.nwon
모터보트 汽艇	mo.to*.bo.teu
쾌속정 快艇	kwe*.sok.jjo*ng
기선 輪船	gi.so*n
여객선 客輪	yo*.ge*k.sso*n
카페리 渡輪	ka.pe.ri
화물선 貨輪	hwa.mul.so*n
매표소 售票處	me*.pyo.so

3

玩樂休閒

승선료 船票費	seung.so*l.lyo
시간표 時刻表	si.gan.pyo
출발 시간 開船時間	chul.bal/ssi.gan
선장 船長	so*n.jang

第四章

生活常識

■ 命理占星

● 星座類

물병 자리
水瓶座
mul.byo*ng/ja.ri

물고기 자리
雙魚座
mul.go.gi/ja.ri

양 자리
牡羊座
yang/ja.ri

황소 자리
金牛座
hwang.so/ja.ri

쌍둥이 자리
雙子座
ssang.dung.i/ja.ri

게 자리
巨蟹座
ge/ja.ri

사자 자리
獅子座
sa.ja/ja.ri

처녀 자리
處女座
cho*.nyo*/ja.ri

천칭 자리
天秤座
cho*n.ching/ja.ri

전갈 자리
天蠍座
jo*n.gal/jja.ri

| 사수 자리
射手座 | sa.su/ja.ri |
| 염소 자리
魔羯座 | yo*m.so/ja.ri |

● 水瓶座

직선적인 성격 直性子	jik.sso*n.jo*.gin/so*ng.gyo*k
명석한 두뇌 清晰的頭腦	myo*ng.so*.kan/du.nwe
고집이 세다 固執	go.ji.bi/se.da
리더쉽 領導能力	ri.do*.swip
주관 主觀	ju.gwan
관용 寬容	gwa.nyong
고독감 孤獨感	go.dok.gam
신경질 神經質	sin.gyo*ng.jil
용기 勇氣	yong.gi

4

生活常識

겁이 없다 大膽	go*.bi/o*p.da
의지력 意志力	ui.ji.ryo*k

● 雙魚座

감수성이 풍부하다 感受性豐富	gam.su.so*ng.i/pung.bu.ha.da
완벽주의 完美主義	wan.byo*k.jju.ui
낭만주의 浪漫主義	nang.man.ju.ui
믿다 相信	mit.da
진심 真心	jin.sim
온유하다 溫柔	o.nyu.ha.da
기쁨 高興	gi.beum
불안정 不穩定	bu.ran.jo*ng
동정심 同情心	dong.jo*ng.sim

관리 管理	gwal.li
울보 愛哭鬼	ul.bo

● 牡羊座

성급하다 性急	so*ng.geu.pa.da
과단하다 果斷	gwa.dan.ha.da
강렬한 정서 強烈的情緒	gang.nyo*l.han/jo*ng.so*
낙관적 樂觀的	nak.gwan.jo*k
적극적 積極的	jo*k.geuk.jjo*k
양호한 인간관계 良好的人際關係	yang.ho.han/in.gan.gwan.gye
예민하다 敏感	ye.min.ha.da
제멋대로 任性	je.mo*t.de*.ro
감정이 풍부하다 感情豐富	gam.jo*ng.i/pung.bu.ha.da

마음씨가 착하다　　ma.eum.ssi.ga/cha.ka.da
心地善良

예술적 재능　　　　ye.sul.jo*k/je*.neung
藝術才能

순진하다　　　　　sun.jin.ha.da
純真的

● 金牛座

냉정하다　　　　　ne*ng.jo*ng.ha.da
冷靜的

강한 욕망　　　　　gang.han/yong.mang
欲望強

능력이 뛰어나다　　neung.nyo*.gi/dwi.o*.na.da
能力強

의지력이 강하다　　ui.ji.ryo*.gi/gang.ha.da
意志力堅定

주관적　　　　　　ju.gwan.jo*k
主觀的

독단적　　　　　　dok.dan.jo*k
獨斷的

상상력이 풍부하다　sang.sang.nyo*.gi/pung.
想像力豐富　　　　bu.ha.da

효율적　　　　　　hyo.yul.jo*k
有效率的

활력이 넘치다 有朝氣	hwal.lyo*.gi/no*m.chi.da
도전적 挑戰性的	do.jo*n.jo*k
열심 熱心	yo*l.sim
배려 關懷	be*.ryo*

● 雙子座

똑똑하다 聰明	dok.do.ka.da
반응이 빠르다 反應快	ba.neung.i/ba.reu.da
문무쌍전 文武雙全	mun.mu.ssang.jo*n
지모가 풍부하다 足智多謀	ji.mo.ga/pung.bu.ha.da
정의감 正義感	jo*ng.ui.gam
사교적 善交際	sa.gyo.jo*k
자유자재 自由自在	ja.yu.ja.je*

4

生活常識

모순적 矛盾的	mo.sun.jo*k
불안정 不穩定	bu.ran.jo*ng
예상할 수 없다 難以預料	ye.sang.hal/ssu/o*p.da
정열적 熱情的	jo*ng.yo*l.jo*k

● 巨蟹座

자애 慈愛	ja.e*
열심 熱心	yo*l.sim
자신감 自信心	ja.sin.gam
충동 衝動	chung.dong
가정 家庭	ga.jo*ng
예민하다 敏銳	ye.min.ha.da
모성 본능 母愛	mo.so*ng/bon.neung

까다롭다   ga.da.rop.da
挑剔

낭만적   nang.man.jo*k
浪漫

상상력이 풍부하다   sang.sang.nyo*.gi/pung.
想像力豐富   bu.ha.da

과감하지 않다   gwa.gam.ha.ji/an.ta
不果敢

모험은 하기 싫다   mo.ho*.meun/ha.gi/sil.ta
不愛冒險

● 獅子座

4

生活常識

밝은 성격   bal.geun/so*ng.gyo*k
開朗的性格

명석한 판단력   myo*ng.so*.kan/pan.dal.
清晰的判斷力   lyo*k

뜨거운 열정   deu.go*.un/yo*l.jo*ng
熱情

허영심   ho*.yo*ng.sim
虛榮心

자존심   ja.jon.sim
自尊心

리더십   ri.do*.sip
領導才能

명랑하다 爽朗	myo*ng.nang.ha.da
순진하다 純真	sun.jin.ha.da
기지 機智	gi.ji
자만 自滿	ja.man
활발하다 活潑	hwal.bal.ha.da
솔직하다 直率	sol.jji.ka.da

● 處女座

예술적 감수성 藝術感受力	ye.sul.jo*k/gam.su.so*ng
순수한 열정 純粹的熱情	sun.su.han/yo*l.jo*ng
책임감 責任感	che*.gim.gam
구애받지 않다 不受拘束	gu.e*.bat.jji/an.ta
부단한 노력 不斷努力	bu.dan.han/no.ryo*k

신경질 神經質	sin.gyo*ng.jil
비판 批判	bi.pan
결벽 潔癖	gyo*l.byo*k
정의감 正義感	jo*ng.ui.gam
판단력 判斷力	pan.dal.lyo*k
진지하다 認真	jin.ji.ha.da
완벽주의자 完美主義者	wan.byo*k.jju.ui.ja

4 生活常識

● 天秤座

적응력이 뛰어나다 適應力強	jo*.geung.nyo*.gi/dwi. ʊ*.na.da
차분하다 文靜	cha.bun.ha.da
공평 公平	gong.pyo*ng
평등 平等	pyo*ng.deung

소극적
消極的
so.geuk.jjo*k

도중에 포기하다
半途而廢
do.jung.e/po.gi.ha.da

온화하다
溫和
on.hwa.ha.da

유예 미결
猶豫不決
yu.ye/mi.gyo*l

독립
獨立
dong.nip

천진하다
天真
cho*n.jin.ha.da

● 天蠍座

과묵하다
沉默寡言
gwa.mu.ka.da

신비적
神秘的
sin.bi.jo*k

열정
熱情
yo*l.jo*ng

완고
頑固
wan.go

신중
謹慎
sin.jung

집중력 集中力	jip.jjung.nyo*k
굳센 의지 毅力	gut.ssen/ui.ji
자신 自信	ja.sin
말솜씨가 좋다 口才好	mal.ssom.ssi.ga/jo.ta
이상 理想	i.sang
속말 真心話	song.mal

● 射手座

생활력이 강하다 生活力強	se*ng.hwal.lyo*.gi/gang.ha.da
현실감각 現實感覺	hyo*n.sil.gam.gak
밝은 천성 開朗的天性	bal.geun/cho*n.so*ng
집중력 集中力	jip.jjung.nyo*k
행동력 行動力	he*ng.dong.nyo*k

낙관적 樂觀的	nak.gwan.jo*k
모험 冒險	mo.ho*m
관찰력 觀察力	gwan.chal.lyo*k
독특한 견해 獨特的見解	dok.teu.kan/gyo*n.he*
유머감 幽默感	yu.mo*.gam

● 魔羯座

적극적 積極	jo*k.geuk.jjo*k
절약의 성격 節儉的性格	jo*.rya.gui/so*ng.gyo*k
얌전하다 老實	yam.jo*n.ha.da
공격성 攻擊性	gong.gyo*k.sso*ng
성취를 추구하다 追求成就	so*ng.chwi.reul/chu.gu.ha.da
열등감 自卑感	yo*l.deung.gam

엄격하다 嚴格	o*m.gyo*.ka.da
겸손 謙遜	gyo*m.son
인내력 忍耐力	in.ne*.ryo*k
꾸준히 노력하다 孜孜不倦	gu.jun.hi/no.ryo*.ka.da
냉정하다 冷靜的	ne*ng.jo*ng.ha.da
창작력 創作能力	chang.jang.nyo*k

4 生活常識

● 12 生肖

쥐 鼠	jwi
소 牛	so
범 虎	bo*m
토끼 兔	to.gi
용 龍	yong

299

뱀 蛇	be*m
말 馬	mal
양 羊	yang
원숭이 猴	won.sung.i
닭 鷄	dak
개 狗	ge*
돼지 猪	dwe*.ji

● 塔羅牌

타로 카드 塔羅牌	ta.ro/ka.deu
광대 愚者	gwang.de*
마술사 魔術師	ma.sul.sa
여교황 女祭師	yo*.gyo.hwang

여제 皇后	yo*.je
황제 皇帝	hwang.je
교황 祭司	gyo.hwang
연인 戀人	yo*.nin
전차 戰車	jo*n.cha
힘 力量	him
은둔자 隱者	eun.dun.ja
운명의 수레바퀴 命運之輪	un.myo*ng.ui/su.re.ba.kwi
정의 正義	jo*ng.ui
매달린 남자 倒吊人	me*.dal.lin/nam.ja
죽음 死神	ju.geum
절제 節制	jo*l.je

악마 魔鬼	ang.ma
탑 高塔	tap
별 星星	byo*l
달 月亮	dal
태양 太陽	te*.yang
심판 審判	sim.pan
세계 世界	se.gye

● 占卜

검 寶劍	go*m.
바람의 별자리 風象星座	ba.ra.mui/byo*l.ja.ri
패배 失敗	pe*.be*
곤란 困難	gol.lan

손실 損失	son.sil
이별 離別	i.byo*l
커뮤니케이션 聯繫	ko*.myu.ni.ke.i.syo*n
봉 權杖	bong
불의 별자리 火象星座	bu.rui/byo*l.ja.ri
모험 冒險	mo.ho*m
야망 野心	ya.mang
정열 熱情	jo*ng.yo*l
용기 勇氣	yong.gi
성배 聖杯	so*ng.be*
물의 별자리 水象星座	mu.rui/byo*l.ja.ri
애정 愛情	e*.jo*ng

4 生活常識

303

감정 感情	gam.jo*ng
꿈 夢想	gum
가족 家人	ga.jok
금화 錢幣	geum.hwa
땅의 별자리 土象星座	dang.ui/byo*l.ja.ri
경험 經驗	gyo*ng.ho*m
실적 實績	sil.jo*k
자산 資產	ja.san
재산 財產	je*.san
지위 地位	ji.wi

● 命理

| 점복
占卜 | jo*m.bok |

포커 撲克牌	po.ko*
점성술 占星術	jo*m.so*ng.sul
점성가 占星師	jo*m.so*ng.ga
풍수 風水	pung.su
수상 手相	su.sang
면상 面相	myo*n.sang
미신 迷信	mi.sin
별자리 星座	byo*l.ja.ri

4
生活常識

■ 自然環境

● 花卉類

개나리 迎春花	ge*.na.ri
국화 菊花	gu.kwa
매화 梅花	me*.hwa
모란 牡丹	mo.ran
난초 蘭草	nan.cho
진달래 杜鵑花	jin.dal.le*
카네이션 康乃馨	ka.ne.i.syo*n
단풍 楓樹／楓葉	dan.pung
벚꽃 櫻花	bo*t.got
튤립 郁金香	tyul.lip

민들레 蒲公英	min.deul.le
무궁화 木槿花	mu.gung.hwa
안개 꽃 滿天星	an.ge*.got
양귀비 罌粟	yang.gwi.bi
연 꽃 荷花	yo*n.got
대나무 竹子	de*.na.mu
아카시아 洋槐	a.ka.si.a
장미 玫瑰	jang.mi
제비꽃 紫羅蘭	je.bi.got
선인장 仙人掌	so*.nin.jang
백합 百合	be*.kap
산수유나무 山茱萸	san.su.yu.na.mu

4
生活常識

개살구 野杏	ge*.sal.gu
나팔꽃 喇叭花	na.pal.got
알로에 蘆薈	al.lo.e
재스민 茉莉花	je*.seu.min

● 樹木類

살구나무 杏樹	sal.gu.na.mu
벚나무 櫻花樹	bo*n.na.mu
은행나무 銀杏樹	eun.he*ng.na.mu
버드나무 柳樹	bo*.deu.na.mu
포플러 白楊樹	po.peul.lo*
소나무 松樹	so.na.mu
사철나무 冬青木	sa.cho*l.la.mu

백송 白松	be*k.ssong
귤나무 柑樹	gyul.la.mu
대추나무 紅棗樹	de*.chu.na.mu
매화나무 梅花樹	me*.hwa.na.mu
침엽수 針葉樹	chi.myo*p.ssu
활엽수 闊葉樹	hwa.ryo*p.ssu
박달나무 檀木	bak.dal.la.mu
포도나무 葡萄樹	po.do.na.mu
소철 蘇鐵	so.cho*l
수련화 睡蓮	su.ryo*n.hwa
수목 樹木	su.mok
크리스마스츄리 聖誕樹	keu.ri.seu.ma.seu.chyu.ri

자두나무
李子樹　　　ja.du.na.mu

● 動物類

강아지
小狗　　　gang.a.ji

개
狗　　　ge*

기린
長頸鹿　　　gi.rin

노새
騾　　　no.se*

늑대
狼　　　neuk.de*

거북
烏龜　　　go*.buk

고양이
貓　　　go.yang.i

곰
熊　　　gom

다람쥐
松鼠　　　da.ram.jwi

망아지
馬駒　　　mang.a.ji

뱀 蛇	be*m
사자 獅子	sa.ja
당나귀 驢子	dang.na.gwi
송아지 小牛	song.a.ji
애완 동물 寵物	e*.wan/dong.mul
양 羊	yang
소 牛	so
여우 狐狸	yo*.u
코끼리 大象	ko.gi.ri
말 馬	mal
토끼 兔子	to.gi
원숭이 猴子	won.sung.i

4

生活常識

자라 鱉	ja.ra
쥐 老鼠	jwi
하마 河馬	ha.ma
염소 山羊	yo*m.so
팬더 熊貓	pe*n.do*
캥거루 袋鼠	ke*ng.go*.ru
호랑이 老虎	ho.rang.i
해마 海馬	he*.ma
코알라 無尾熊	ko.al.la
코뿔소 犀牛	ko.bul.so
치이타 豹	chi.i.ta
족제비 黃鼠狼	jok.jje.bi

우랑우탄 猩猩	u.rang.u.tan
여우 狐狸	yo*.u
산달 山獺	san.dal
사슴 鹿	sa.seum
멧돼지 野豬	met.dwe*.ji
돼지 豬	dwe*.ji
낙타 駱駝	nak.ta
고릴라 大猩猩	go.ril.la

● 鳥類

앵무새 鸚鵡	e*ng.mu.se*
원앙 鴛鴦	wo.nang
철새 候鳥	cho*l.se*

4
生活常識

참새 麻雀	cham.se*
학 鶴	hak
팽귄 企鵝	pe*ng.gwin
종다리 雲雀	jong.da.ri
오리 鴨	o.ri
까마귀 烏鴉	ga.ma.gwi
제비 燕子	je.bi
새 鳥	se*
까치 喜鵲	ga.chi
독수리 老鷹	dok.ssu.ri
닭 雞	dak
병아리 小雞	byo*ng.a.ri

꿩 山雞	gwong
거위 鵝	go*.wi
고니 天鵝	go.ni
공작 孔雀	gong.jak
기러기 雁	gi.ro*.gi
딱따구리 啄木鳥	dak.da.gu.ri
매 鷹	me*
메추리 鵪鶉	me.chu.ri
비둘기 鴿子	bi.dul.gi
부엉이 貓頭鷹	bu.o*ng.i
백로 白鷺鷥	be*ng.no
갈매기 海鷗	gal.me*.gi

● 魚類

악어 鱷魚	a.go*
갈치 白帶魚	gal.chi
고등어 青花魚	go.deung.o*
고래 鯨魚	go.re*
굴 牡蠣	gul
꽁치 秋刀魚	gong.chi
문어 章魚	mu.no*
오징어 魷魚	o.jing.o*
새우 蝦子	se*.u
뱀장어 鱔魚	be*m.jang.o*
상어 鯊魚	sang.o*

은어 銀魚	eu.no*
연어 鮭魚	yo*.no*
열대어 熱帶魚	yo*l.de*.o*
전복 鮑魚	jo*n.bok
해삼 海參	he*.sam
게 螃蟹	ge
돌고래 海豚	dol.go.re*
잉어 鯉魚	ing.o*
붕어 鯽魚	bung.o*
송어 鱒魚	song.o*
넙치 比目魚	no*p.chi
참치 鮪魚	cham.chi

대하 明蝦	de*.ha
가리비 干貝	ga.ri.bi
대합 文蛤	de*.hap
도미 鯛魚	do.mi

● 昆蟲類

개미 螞蟻	ge*.mi
파리 蒼蠅	pa.ri
나비 蝴蝶	na.bi
거미 蜘蛛	go*.mi
바퀴벌레 蟑螂	ba.kwi.bo*l.le
귀뚜라미 蟋蟀	gwi.du.ra.mi
나방 飛蛾	na.bang

누에 蠶蟲	nu.e
메뚜기 草蜢	me.du.gi
벌 蜜蜂	bo*l
잠자리 蜻蜓	jam.ja.ri
하루살이 蜉蝣	ha.ru.sa.ri
풍뎅이 金龜子	pung.deng.i
풀잠자리 草蜻蜓	pul.jam.ja.ri
지렁이 蚯蚓	ji.ro*ng.i
사마귀 螳螂	sa.ma.gwi
벼룩 蚤	byo*.ruk
매미 蟬	me*.mi
달팽이 蝸牛	dal.pe*ng.i

4
生活常識

무당벌레　　　　　　　mu.dang.bo*l.le
瓢蟲

장수풍뎅이　　　　　　jang.su.pung.deng.i
獨角仙

호랑나비　　　　　　　ho.rang.na.bi
鳳蝶

붉은 개미　　　　　　　bul.geun/ge*.mi
紅螞蟻

■ 氣象災害

● 天文類

우주 宇宙	u.ju
지구 地球	ji.gu
달 月球	dal
태양 太陽	te*.yang
은하수 銀河	eun.ha.su
행성 行星	he*ng.so*ng
별 星星	byo*l
유성 流星	yu.so*ng
혜성 彗星	hye.so*ng
금성 金星	geum.so*ng

명왕성 冥王星	myo*ng.wang.so*ng
천왕성 天王星	cho*.nwang.so*ng
해왕성 海王星	he*.wang.so*ng
토성 土星	to.so*ng
목성 木星	mok.sso*ng
화성 火星	hwa.so*ng
보름달 滿月	bo.reum.dal
북극성 北極星	buk.geuk.sso*ng
북두칠성 北斗七星	buk.du/chil.so*ng
천문대 天文台	cho*n.mun.de*
일식 日蝕	il.sik
월식 月蝕	wol.sik

우주선 太空船	u.ju.so*n
위성 衛星	wi.so*ng

● 氣象類

기상 氣象	gi.sang
날씨 天氣	nal.ssi
대기층 大氣層	de*.gi.cheung
일기예보 天氣預報	il.gi/ye.bo
맑은 날 晴天	mal.geun/nal
맑음 晴天	mal.geum
흐린 날 陰天	heu.rin/nal
흐림 陰天	heu.rim
기압 氣壓	gi.ap

4 生活常識

고기압 高氣壓	go.gi.ap
저기압 低氣壓	jo*.gi.ap
먹구름 烏雲	mo*k.gu.reum
풍향 風向	pung.hyang
풍속 風速	pung.sok
순풍 順風	sun.pung
번개 閃電	bo*n.ge*
천둥 雷	cho*n.dung
천둥소리 雷聲	cho*n.dung/so.ri
장마 雨季	jang.ma
자외선 紫外線	ja.we.so*n
일광 日光	il.gwang

수증기 水蒸氣	su.jeung.gi
소나기 雷陣雨	so.na.gi
습도 濕度	seup.do
건조 乾燥	go*n.jo
습기 濕氣	seup.gi
강우량 降雨量	gang.u.ryang
적도 赤道	jo*k.do
북극 北極	buk.geuk
남극 南極	nam.geuk

4 生活常識

● 自然現象類

비 雨	bi
가랑비 毛毛雨	ga.rang.bi

눈 雪	nun
바람 風	ba.ram
구름 雲	gu.reum
공기 空氣	gong.gi
서리 霜	so*.ri
밀물 漲潮	mil.mul
무지개 彩虹	mu.ji.ge*
이슬 露水	i.seul
우박 冰雹	u.bak
안개 霧	an.ge*
노을 晚霞	no.eul

● 自然災害類

태풍 颱風	te*.pung
폭우 暴雨	po.gu
폭설 暴雪	pok.sso*l
홍수 洪水	hong.su
침수 浸水	chim.su
눈사태 雪崩	nun.sa.te*
가뭄 旱災	ga.mum
지진 地震	ji.jin
토석류 土石流	to.so*ng.nyu
산사태 山崩	san.sa.te*
범람 氾濫	bo*m.nam

해소
海嘯

he*.so

화산 폭발
火山爆發

hwa.san/pok.bal

천재
天災

cho*n.je*

천재지변
天災地變

cho*n.je*.ji.byo*n

자연재해
自然災害

ja.yo*n.je*.he*

■ 一般常識

● 國家類

대만 台灣	de*.man
중국 中國	jung.guk
일본 日本	il.bon
한국 韓國	han.guk
미국 美國	mi.guk
캐나다 加拿大	ke*.na.da
영국 英國	yo*ng.guk
프랑스 法國	peu.rang.seu
독일 德國	do.gil
러시아 俄羅斯	ro*.si.a

4
生活常識

싱가포르 新加坡	sing.ga.po.reu
말레이시아 馬來西亞	mal.le.i.si.a
모로코 摩洛哥	mo.ro.ko
스위스 瑞士	seu.wi.seu
스웨덴 瑞典	seu.we.den
포르투갈 葡萄牙	po.reu.tu.gal
스페인 西班牙	seu.pe.in
이탈리아 義大利	i.tal.li.a
아르헨티나 阿根廷	a.reu.hen.ti.na
오스트리아 奧地利	o.seu.teu.ri.a
이집트 埃及	i.jip.teu
칠레 智利	chil.le

호주 澳大利亞	ho.ju
멕시코 墨西哥	mek.ssi.ko
아프리카 非洲	a.peu.ri.ka
남아프리카 南非	na.ma.peu.ri.ka
네덜란드 荷蘭	ne.do*l.lan.deu
덴마크 丹麥	den.ma.keu
뉴질랜드 紐西蘭	nyu.jil.le*n.deu
태국 泰國	te*.guk
필리핀 菲律賓	pil.li.pin
미얀마 緬甸	mi.yan.ma
인도 印度	in.do
베트남 越南	be.teu.nam

4
生活常識

브라질
巴西 — beu.ra.jil

이라크
伊拉克 — i.ra.keu

● 城市類

타이페이
台北 — ta.i.pe.i

서울
首爾 — so*.ul

도쿄
東京 — do.kyo

워싱턴
華盛頓 — wo.sing.to*n

뉴욕
紐約 — nyu.yok

북경
北京 — buk.gyo*ng

상하이
上海 — sang.ha.i

파리
巴黎 — pa.ri

베를린
柏林 — be.reul.lin

오사카 大阪	o.sa.ka
토론토 多倫多	to.ron.to
런던 倫敦	ro*n.do*n
카이로 開羅	ka.i.ro
하와이 夏威夷	ha.wa.i
마드리드 馬德里	ma.deu.ri.deu
요코하마 橫濱	yo.ko.ha.ma
남경 南京	nam.gyo*ng
로마 羅馬	ro.ma
모스크바 莫斯科	mo.seu.keu.ba
로스엔젤라스 洛杉磯	ro.seu.en.jel.la.seu
자카르타 雅加達	ja.ka.reu.ta

4 生活常識

빈
維也納
bin

제네바
日內瓦
je.ne.ba

요하네스버그
約翰內斯堡
yo.ha.ne.seu.bo*.geu

테헤란
德黑蘭
te.he.ran

예루살렘
耶路撒冷
ye.ru.sal.lem

프랑크푸르트
法蘭克福
peu.rang.keu.peu.ru.teu

홍콩
香港
hong.kong

쥬리히
蘇黎世
jyu.ri.hi

제주도
濟州島
je.ju.do

보스톤
波士頓
bo.seu.ton

나고야
名古屋
na.go.ya

길림
吉林
gil.lim

라스베이거스 拉斯維加斯	ra.seu.be.i.go*.seu
방콕 曼谷	bang.kok

● 韓國常見姓氏

강 姜	gang
공 孔	gong
권 權	gwon
김 金	gim
구 具	gu
나 羅	na
남 南	nam
문 文	mun
민 閔	min

박 朴	bak
방 方	bang
배 裴	be*
백 白	be*k
봉 奉	bong
서 徐	so*
성 成	so*ng
손 孫	son
송 宋	song
원 元	won
유 柳	yu
윤 尹	yun

은 殷	eun
이 李	i
임 任	im
장 張	jang
전 全	jo*n
정 鄭	jo*ng
지 池	ji
진 陳	jin
차 車	cha
채 蔡	che*
최 崔	chwe
태 太	te*

한 韓	han
현 玄	hyo*n
호 扈	ho

● 節日

설날 春節	so*l.lal
동지 冬至	dong.ji
신정 元旦	sin.jo*ng
대보름 元宵	de*.bo.reum
추석 中秋節	chu.so*k
단오절 端午節	da.no.jo*l
중원절 中元節	jung.won.jo*l
청명절 清明節	cho*ng.myo*ng.jo*l

개천절 開天節	ge*.cho*n.jo*l
제헌절 制憲節	je.ho*n.jo*l
광복절 光復節	gwang.bok.jjo*l
한글날 韓文節	han.geul.lal
어린이날 兒童節	o*.ri.ni.nal
식목일 植木節	sing.mo.gil
삼일절 三一節	sa.mil.jo*l
부활절 復活節	bu.hwal.jo*l
어버이날 父母節	o*.bo*.i.nal
스승의 날 教師節	seu.seung.ui/nal
현충일 顯忠日	hyo*n.chung.il
석가탄신일 佛誕日	so*k.ga.tan.si.nil

국군의 날 軍人節	guk.gu.nui/nal
문화의 날 文化節	mun.hwa.ui/nal
저축의 날 儲蓄日	jo*.chu.gui/nal
크리스마스 聖誕節	keu.ri.seu.ma.seu
발렌타인 데이 情人節	bal.len.ta.in/de.i

● 文章符號

마침표 句號	ma.chim.pyo
느낌표 感嘆號	neu.gim.pyo
물음표 問號	mu.reum.pyo
쉼표 逗號	swim.pyo
괄호 括號	gwal.ho
따옴표 引號	da.om.pyo

반점 半形逗號	ban.jo*m
쌍점 冒號	ssang.jo*m
온점 半形句號	on.jo*m
쌍반점 分號	ssang.ban.jo*m
가운뎃점 間隔號	ga.un.det.jjo*m
빗금 斜線	bit.geum

● 計算符號

더하기 加	do*.ha.gi
빼기 減	be*.gi
곱하기 乘	go.pa.gi
나누기 除	na.nu.gi
평방근 平方根	pyo*ng.bang.geun

4
生活常識

입방근 立方根	ip.bang.geun
등호 等號	deung.ho
비율 比率	bi.yul
퍼센트 百分比（%）	po*.sen.teu

● 其他符號

우물 정자 井號（#）	u.mul/jo*ng.ja
골뱅이 小老鼠 at（@）	gol.be*ng.i

● 特殊詞匯

맥주병 不擅游泳的人	me*k.jju.byo*ng
책벌레 書蟲	che*k.bo*l.le
돌머리 笨蛋	dol.mo*.ri
바보 笨蛋	ba.bo

| 바람맞다 | ba.ram.mat.da |
| 被放鴿子 | |

| 열받다 | yo*l.bat.da |
| 上火、生氣 | |

| 백수 | be*k.ssu |
| 無工作者 | |

| 멋쟁이 | mo*t.jje*ng.i |
| 愛打扮的人 | |

| 거짓말쟁이 | go*.jin.mal.jje*ng.i |
| 愛説謊的人 | |

| 이야기쟁이 | i.ya.gi.je*ng.i |
| 愛講話的人 | |

4

生活常識

連日本小學生都會的基礎單字

這些單字連日本小學生都會念

精選日本國小課本單字

附上實用例句

讓您一次掌握閱讀及會話基礎

我的菜日文【快速學會 50 音】

超強中文發音輔助 快速記憶 50 音

最豐富的單字庫 最實用的例句集

日文 50 音立即上手

日本人最想跟你聊的 30 種話題

精選日本人聊天時最常提到的各種話題

了解日本人最想知道什麼

精選情境會話及實用短句

擴充單字及會話語庫

讓您面對各種話題，都能侃侃而談

這句日語你用對了嗎

擺脫中文思考的日文學習方式

列舉台灣人學日文最常混淆的各種用法

讓你用「對」的日文順利溝通

日本人都習慣這麼說

學了好久的日語，卻不知道…

梳頭髮該用哪個動詞？

延長線應該怎麼說？黏呼呼是哪個單字？

當耳邊風該怎麼講？

快翻開這本書，原來日本人都習慣這麼說！

這就是你要的日語文法書

同時掌握動詞變化與句型應用

最淺顯易懂的日語學習捷徑

一本書奠定日語基礎

日文單字萬用手冊

最實用的單字手冊

生活單字迅速查詢

輕鬆充實日文字彙

超實用的商業日文 E-mail

10 分中搞定商業 E-mail

中日對照 E-mail 範本 讓你立即就可應用

不小心就學會日語

最適合初學者的日語文法書

一看就懂得學習方式

循序漸進攻略日語文法

日文單字急救包【業務篇】

小小一本，大大好用

商用單字迅速查詢

輕鬆充實日文字彙

生活日語萬用手冊

～～日語學習更豐富多元～～

生活上常用的單字句子一應俱全

用一本書讓日語學習的必備能力一次到位

你肯定會用到的 500 句日語

出國必備常用短語集！

簡單一句話

解決你的燃眉之急

超簡單の旅遊日語

Easy Go! Japan

輕鬆學日語,快樂遊日本

情境對話與羅馬分段標音讓你更容易上手

到日本玩隨手一本,輕鬆開口說好日語

訂票/訂房/訂餐廳一網打盡,點餐/購物/觀光一書
搞定

最簡單實用的日語 50 音

快速擊破五十音

讓你不止會說五十音

單子、句子更能輕鬆一把罩!短時間迅速提升日
文功力的絕妙工具書。

日文單字急救包【生活篇】

日文單字迅速查詢

輕鬆充實日文字彙

用最簡便明瞭的查詢介面,最便利的攜帶方式,
輕鬆找出需要的單字,隨時增加日文單字庫

日語關鍵字一把抓

日常禮儀

こんにちは

ko.n.ni.chi.wa

你好

相當於中文中的「你好」。在和較不熟的朋友,
還有鄰居打招呼時使用,是除了早安和晚安之
外,較常用的打招呼用語。

菜英文【旅遊實用篇】

就算是說得一口的菜英文，

也能出國自助旅行！

本書提供超強的中文發音輔助，

教您輕輕鬆鬆暢遊全球！

菜英文【實用會話篇】

中文發音引導英文語句

讓你說得一口流利的道地英文

生活英文單字超短迷你句

一個單字搞定英文會話

生活英語單字，最實用的「超短迷你句」

你肯定會用到的 500 句話

簡單情境、實用學習！

用最生活化的方式學英文，

隨時都有開口說英文的能力！

初學者必備的韓語單字輕鬆學／雅典韓研所 企編.--初版.

--新北市 ： 雅典文化,民 100.11

面；公分. -- （全民學韓語：02）

ISBN⊙978-986-6282-46-1（平裝）

1. 韓語　　2. 詞彙

803.22　　　　　　　　　　　　　　　100018102

全民學韓語系列：02

初學者必備的韓語單字輕鬆學

企　　編	雅典韓研所
出 版 者	雅典文化事業有限公司
登 記 證	局版北市業字第五七〇號
執行編輯	呂欣穎
編 輯 部	22103 新北市汐止區大同路三段 194 號 9 樓之 1
	TEL ／(02)86473663
	FAX ／(02)86473660
法律顧問	中天國際法律事務所 涂成樞律師、周金成律師
總 經 銷	永續圖書有限公司
	22103 新北市汐止區大同路三段 194 號 9 樓之 1
	E-mail: yungjiuh@ms45.hinet.net
	網站：www.foreverbooks.com.tw
	郵撥：18669219
	TEL ／(02)86473663
	FAX ／(02)86473660
出 版 日	2011 年 11 月

ⓐ 雅典文化 讀者回函卡

> 謝謝您購買這本書。
> 為加強對讀者的服務，請您詳細填寫本卡，寄回雅典文化
> ；並請務必留下您的 E-mail 帳號，我們會主動將最近 "好
> 康" 的促銷活動告訴您，保證值回票價。

書　　　名：初學者必備的韓語單字輕鬆學
購買書店：_____市/縣_____書店
姓　　　名：_____　生　日：____年___月___日
身分證字號：_____
電　　　話：(私) _____ (公) _____ (手機) _____
地　　　址：□□□_____
E - mail：_____
年　　　齡：□20歲以下　□21歲~30歲　□31歲~40歲
　　　　　　□41歲~50歲　□51歲以上
性　　　別：□男　　　□女　　婚姻：□單身　□已婚
職　　　業：□學生　　□大眾傳播　□自由業　□資訊業
　　　　　　□金融業　□銷售業　　□服務業　□教職
　　　　　　□軍警　　□製造業　　□公職　　□其他
教育程度：□高中以下（含高中）□大專　□研究所以上
職　位　別：□負責人　□高階主管　□中級主管
　　　　　　□一般職員　□專業人員
職　務　別：□管理　　　□行銷　　□創意　　□人事、行政
　　　　　　□財務、法務　　□生產　　□工程　□其他____
您從何得知本書消息？
　　　□逛書店　　□報紙廣告　□親友介紹
　　　□出版書訊　□廣告信函　□廣播節目
　　　□電視節目　□銷售人員推薦
　　　□其他_____
您通常以何種方式購書？
　　　□逛書店　□劃撥郵購　□電話訂購　□傳真訂購　□信用卡
　　　□團體訂購　□網路書店　□其他_____
看完本書後，您喜歡本書的理由？
　　　□內容符合期待　□文筆流暢　□具實用性　□插圖生動
　　　□版面、字體安排適當　　　□內容充實
　　　□其他_____
看完本書後，您不喜歡本書的理由？
　　　□內容不符合期待　□文筆欠佳　　□內容平平
　　　□版面、圖片、字體不適合閱讀　　□觀念保守
　　　□其他_____
您的建議：

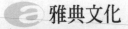